诗耀中华

——观海诗歌作品选（二）

观 海/著

中国广播影视出版社

图书在版编目（CIP）数据

诗耀中华：观海诗歌作品选. 二／观海著. -- 北京：中国广播影视出版社，2023.8

ISBN 978-7-5043-9043-1

Ⅰ.①诗… Ⅱ.①观… Ⅲ.①诗集－中国－当代 Ⅳ.①I227

中国国家版本馆 CIP 数据核字（2023）第 105148 号

诗耀中华

观海诗歌作品选（二）

观　海　著

责任编辑：任逸超
责任校对：张　哲
封面设计：元泰书装

出版发行：中国广播影视出版社
电　　话：010-86093580　010-86093583
社　　址：北京市西城区真武庙二条 9 号
邮　　编：100045
网　　址：www. crtp. com. cn
电子信箱：crtp8@sina. com

经　　销：全国各地新华书店
印　　刷：北京亚通印刷有限责任公司

开　　本：710 毫米×1000 毫米　1/16
字　　数：213（千）字
印　　张：16
版　　次：2023 年 8 月第 1 版　2023 年 8 月第 1 次印刷

书　　号：ISBN 978－7－5043－9043－1
定　　价：68.00 元

生活需要诗歌（代序）

观海老师要出第二部诗集了。我没想到这么快，真的要向他表示隆重的祝贺。

两年前，我也是在阳春三月为观海老师的第一部诗集《诗耀中华》写下了一段文字，叫《对中国共产党的颂歌》。

后来，我非常荣幸地参加了"诗耀中华——观海诗歌作品专场朗诵会"。虽然朗诵会是在线上举办，但是仍然可以隔屏感受到那浓浓的诗意和沸腾的热情，美好的诗歌与动听的声音在时空里交融，直抵人心、震撼心灵。

今天拜读他最近两年的新作，除了感动、感叹，就是时时会回味我们的友谊。因为观海老师于我不仅是一位诗人，更是一位朋友和师长。我们二十余年的友谊，更像一首写不完的长诗。如果说世间最美好的东西是诗歌，那么比诗歌更美好的东西就是友谊。没有美好的友谊、美好的人和美好的事物，怎么会产生美好的诗歌呢？因此，如果我们希望自己能创作出美好的诗歌并且能诵读出诗歌的美好，我们就要做一个美好的人。

现在诗坛并不"平静"，不"平静"的不是诗歌而是诗人，特别是有些诗人已经不主要靠诗歌"说话"和"表达"。我们知道，不论是作家、诗人还是演员，我们总是说要靠作品说话。但是现在很多诗人并不是如此。其实，一直以来人们对诗人似乎有一种偏见，认为诗人都不太正常，正常人是写不出诗来的。这种偏见似乎不是没有依据——因为某些诗人。观海无疑是一位靠作品说话的诗人，这是诗坛的幸事。他的诗如春阳、如秋雨，如夏风、如冬雪，那份朴实和真挚，那份堂堂正正、自然而然，就是世界上最美好的东西。当然这份感受来自我对他诗的理解，更来自我与他的友谊。

我希望并相信，两年后的又一个阳春三月，我依然会写这样的、比这样更美好的文字，为观海、为诗歌、为世界上更多角落的热爱诗歌、需要诗歌的人们。

因为，生活需要诗歌，我们需要观海。

徐庆群

（《国际人才交流》总编辑、译审、

志愿者、作家、全国三八红旗手）

2023 年 3 月于北京

目　录

前言 // 001

汨罗江之歌 // 001

党的光辉照我心
　　在庆祝党的百年华诞之际，向荣获"光荣在党
　　　　五十年纪念章"的同志致敬！ // 004

永远跟党走
　　庆祝中国共产党成立一百周年 // 007

哈尔滨之歌 // 011

人民军队忠于党
　　纪念中国人民解放军建军九十四周年 // 014

诗意人生 // 018

海之恋 // 021

印象·孔子 // 024

逐梦屈原 // 028

月光之下 // 032

牵手 // 036

美哉，晚舟 // 038

远方 // 042

心中的太阳 // 044

长河为我从天落 // 047

万岁，红旗渠精神

    观央视电视剧《红旗渠》随笔 // 051

老姨 // 053

分秒人生 // 056

唇齿情 // 059

这天 // 061

难忘2021 // 065

一半海水，一半火焰 // 069

梦 // 072

过年随想 // 074

春日 // 077

人生道情

    ——漫话情人节 // 080

元夕 // 083

红色

    ——海南记行 // 086

妈妈，老娘

    ——致敬"三·八"妇女节 // 088

陪你到天明 // 091

日出 // 094

再别海南 // 097

来自空中的思念 // 100

天地之恋

　　悼念"3·21空难"中牺牲的空姐 // 103

"五·一"怀想 // 106

风雨 // 110

致大海 // 112

火种

　　迎接中国共产党第二十次全国代表大会召开 // 116

遥远的思念 // 120

初见 // 122

命运 // 124

人生 // 127

我爱这绿色的军装 // 129

流年 // 132

秋心 // 134

心动

　　——志愿军英灵归国有感 // 136

光辉的里程碑

　　喜迎中国共产党二十大胜利召开 // 139

重阳感怀 // 142

让历史告诉未来

　　——喜庆中国共产党第二十次全国代表大会胜利召开 // 145

心中的歌

　　——庆祝中国共产党第二十次全国代表大会胜利召开　　// 148

江山

　　——学习习近平总书记在中国共产党第二十次代表大会

　　　上的报告有感　　// 151

心航　　// 154

屏中的世界　　// 156

诗歌情

　　——为华人诗社成立三周年庆典晚会而作　　// 159

飞翔　　// 162

心月　　// 164

岁末随想　　// 166

2022，我们走过　　// 170

春之想　　// 173

年之想　　// 175

年的思念　　// 178

元夕的月亮　　// 180

春天来了　　// 183

心中的你　　// 186

一张照片　　// 189

和气天真　　// 192

心缘　　// 194

元夕的灯谜　　// 196

幸福时刻　　// 199

诗耀中华

观海诗歌作品选（二）

逝水流年 // 201

肽液人生 // 203

雪花 // 206

诗韵黄河（一） // 209

诗韵黄河（二） // 214

神州浩然金玉声（一）
　　——忆人民广播电视事业 // 217

神州浩然金玉声（二）
　　贺中央广播电视总台成立五周年华诞 // 220

母亲 // 224

心爱无言 // 227

开天之路 // 230

人生际遇 // 233

总台清明诗会随笔 // 234

爱的宣言 // 237

美丽的皱纹 // 239

后　记 // 241

前　言

　　光阴似箭。越来越觉得有一种无形的力量在催促着我和时间赛跑，不分昼夜，停不下脚步，只能在奔跑中调整呼吸。本书收录的作品，就是我七百多天来手写的流年。

　　精神领域的创作者代表人类的良知，肩负时代责任。歌颂我们伟大的祖国，伟大的党，伟大的人民；以传承中华文化和时代精神为己任；为壮丽生命和美好生活去写作；用一双慧眼看世界；用一颗爱心品人生；扎根大地，讲真话，写真情，歌颂真善美，是我的理想追求。此间，我有幸得到中国诗歌学会 驻会副会长曾凡华老师及业界专家的热情关心和指导，得到领导和朋友们的大力支持，得到众多诗歌社团和诗歌爱好者的厚爱，受益匪浅，深为感动，借此表示衷心感谢！

　　本书收录八十首作品，党、政、军，伟人、重大事件是大写意，风花雪月是小品文，题材广泛。这些作品都在国家网站和广播电视上发表过，每件作品的诵读量均在万人以上。

观　海

2023 年 3 月于北京

汨罗江之歌

大江东去

蹉跎着无情的岁月

江河润物

培育着多情的生活

汨罗江，你是有情的水

只为一个圣洁不屈的灵魂

日夜吟唱、千古诉说

让茫茫幽思汇成问天的巨浪

朝秦暮楚，纵横捭阖

春秋战国一曲岁月的歌

曲终人散

唯有香草美人泽千古

风骚天下不落的歌

汨罗江，你激荡着智慧的波

逸响伟辞

《离骚》《天问》句句感天下

卓绝一世

《九歌》《九章》声声恸山河

招贤纳才、连齐抗秦真国策

生不逢时、壮志未酬又奈何

悲怆问天一腔热血洒江河

汨罗江，感天动地的歌

你是屈子英灵向往的天堂

你传承着华夏民族的火种

你护佑着中华民族的衣钵

你传递着世世代代的寄托

采一束苇叶，包一锅粽子

掬一碗雄黄，添一道香火

年复一年从未错过

汨罗江，你是照亮心路的火

沧海桑田岁月如歌

七雄硝烟、锦囊妙策

早已被大秦一统六合

岁月长河，风高水阔

多少次功败垂成

多少次燎原星火

智者精神是永远不灭的火

汨罗江边，时代潮头

我仿佛穿越了时空

听到了屈原那摄人心魄的吟诵

路漫漫其修远兮

吾将上下而求索

求索，求索

求索中开辟出一个新天地

求索中建设我们更加美好的国

千年求索，一曲不朽的歌

2020 年 6 月 8 日于北京

党的光辉照我心

在庆祝党的百年华诞之际，向荣获
"光荣在党五十年纪念章"的同志致敬！

七月骄阳相邀

同唱神州大地的颂歌

七月鲜花壮丽

期待着那个神圣时刻

山在欢呼水在高歌

举国欢庆激情似火

百年党旗红啊

红得纯正、热烈、激情四射

五湖四海深情地演说

嘉兴南湖的红船

唤起了滚滚长江东逝水

指挥了滔滔黄河大合唱

百年征程　百川归海

闯过了激流险滩暗礁座座

成立了伟大的中国共产党

建设了繁荣富强的新中国

翻身的人民告诉我

历史的长河告诉我

世界的目光告诉我

铁打的事实告诉我

中国共产党是伟大的党

新中国是伟大的国

没有共产党就没有新中国

我是南湖红船的浪花一朵

我是井冈山上的翠竹一棵

我是长征路上的火种一粒

我是百万雄师的钢枪一杆

我是淮海战场的手推车

我是抗美援朝的冲锋号

我是建设社会主义的一砖一瓦

建设我们的国

我是金色炉台火红的钢花

我是希望田野的一粒种子

我是长城上的一块砖

我是戈壁沙漠里的小草

我是一颗螺丝钉

我是顶天立地的大树

我是中国共产党中的一员

祖国的需要就是我们的角色

不必知道我叫什么
报效祖国为人民服务
是中国共产党人的本色
入党五十年了
我把壮丽人生献给你
伟大的党伟大的人民　伟大的祖国
手捧着金光闪闪的纪念章
这是我最高的荣誉最大的快乐

党啊，我想对你说
我们永远跟你走
跟你走，是我人生正确的抉择
跟你走，是我人生最大的幸福
跟你走，是我人生辉煌的时候
跟你走，去迎接那伟大的时刻
衷心祝福你
生日快乐
永远年轻朝气蓬勃

2021 年 6 月于北京

永远跟党走

庆祝中国共产党成立一百周年

七月流火

神州大地夏花绚烂激情四射

青山绿水期盼着喜庆的日子

举国上下盼望着伟大的时刻

我拿什么奉献给你

我们伟大的党

祝你生日快乐

雄伟的天安门　壮丽的广场

鲜艳的红旗　我们的祖国

同庆党的百年华诞

一张张笑脸写满了幸福

一面面红旗心系着人民

一声声祝福情系着天下

一首首山歌唱给党听

党啊，今天是你的生日

祝愿你生日快乐

百年华诞百年拼搏

初心不改历久弥坚

此刻，我在北京天安门广场

跟着鲜红的党旗走进历史长河

仿佛亲历了那波澜壮阔的时刻

南湖红船　井冈烽火

雪山草地　遵义会议　延安宝塔

西柏坡进京赶考的脚步

中南海彻夜不眠的灯光

一个个革命英烈的身影

我真切感受到了党跳动的脉搏

天安门广场礼炮声声如歌

那是全国人民对中国共产党

无言的赞扬　深情的诉说

此刻，英雄的战鹰从头上飞过

威武雄壮声震山河

那是我们的党和人民在合唱

《国际歌》《国歌》《唱支山歌给党听》

那是神州大地在高唱《东方红》

《黄河大合唱》《义勇军进行曲》

《没有共产党就没有新中国》

《春天的故事》《走进新时代》

打天下坐江山为人民脱苦难

从百废待兴到繁荣昌盛

从落后挨打到大国崛起

从忍饥挨饿到丰衣足食

从茅屋陋舍到高楼大厦

高铁飞神舟　汽车行天下

"新冠"横行日　国泰民安宁

青山绿水间　人民享太平

"蛟龙"探海　　"嫦娥"登月

"天问"出征　　航母巡疆

"天眼"极目　　"北斗"组网

"神舟"飞船遨游太空

从一穷二白到两弹一星

从小米加步枪到"东风"导弹

新中国天翻地覆的变化

是事实　是人心　是能力　是评说

此刻，我在天安门广场

云消雨霁　蓝天　红旗　碧瓦

白鸽飞翔　人们高歌

歌颂我们伟大的党伟大的国

总书记的讲话激荡在心

风正一帆悬　潮平两岸阔

我们永远跟你走

伟大的党伟大的舵手

不断革命继续前进

实现下一个一百年辉煌的时刻

2021 年 7 月于北京

哈尔滨之歌

我无数次深情地把你遥望

幻想你那天鹅项上珍珠的模样

冰清玉洁之下无限风光

你的魅力举世无双

你战斗的风雨让我向往

那是父辈们曾经战斗过的地方

在夜幕下的哈尔滨把火种点亮

星火燎原迎来了新中国的曙光

我来了，哈尔滨的夏天

踏着父辈的足迹怀揣着梦想

来到了一个熟悉又陌生的地方

你的雨为什么这么多

好似梅雨缠绵的南方

时而雨　时而晴

哪怕日光下也照样下个不停

莫非你把一条松花江水

化作了滚滚红尘相思雨

道是无晴却有情，是喜是伤

未曾忘

你曾经被列强霸占遍体鳞伤

共产党　救国亡　为人民　求解放

出生入死，前赴后继，杀尽豺狼

迎来了新中国的曙光

北国江城日新月异日出东方

子弟兵　别故乡　挥雄师　下南方

风卷残云到海南　挥师北上灭虎狼

红旗漫卷报大捷　英雄凯旋思故乡

我在道外的铁道旁寻找

寻找白色恐怖下父辈战斗的地方

飞驰而过的列车告诉我

什么是共产党人的信仰

我在南岗住过的小楼前怀想

路边的欢声笑语告诉我

什么是共产党人的理想

你们把生命浇筑在祖国大地上

中央大街唤起我无限遐想

品马迭尔冰棍　尝大列巴香

看索菲亚大教堂　到江边徜徉

听防洪纪念塔英雄战歌唱响

太阳岛上

小伙弹琴姑娘歌唱

杨柳依依静静地等待着

心爱的姑娘

再见了，哈尔滨

白山黑水铸就了你的筋骨

松花江的巨浪是你的力量

浓烈的老白干是你的真本色

清爽的雪花啤是你的好心肠

这里是一个把爱留住的地方

我会深情地把你遥望

在每一个希望的清晨　思念的夜晚

听激情夏雨诉说　看松花江水歌唱

2021 年 6 月于北京

人民军队忠于党

纪念中国人民解放军建军九十四周年

我爱这绿色的军装

那是革命摇篮郁郁葱葱的景象

我爱军帽上的红星

那是井冈山上革命火种的星光

我爱英雄的八一军旗

那是军魂寄托的家乡

我爱高亢雄壮的军歌

那是报效祖国的力量

雄伟的井冈山八一军旗红

开天辟地第一回人民有了子弟兵

每当唱响这雄壮军歌

我满腔的热血就会沸腾

心随歌去

飞越百年征途

向着八一军旗的故乡

求索红色基因的光芒

井冈翠竹告诉我

井冈瀑布对我说

红军在党的哺育下成长

党指挥枪

全心全意为中国人民服务

是军魂、是初心、是理想

秋收起义队伍　南昌起义武装

淬火成钢　星火燎原　红军之光

井冈翠竹坚　八一军旗红

三湾杜鹃红　改编铸前程

古田会议开　天上北斗明

四项原则定　强军踏新程

党领导下的人民军队

军魂铸钢光辉前程

从无到有　从小到大　从弱到强

攻无不克　战无不胜　强军必胜

为什么战旗美如画

英雄的鲜血染红了她

为什么军威震天下

不朽的军魂铸造了她

我看到了，看到了

从井冈山到北京城一脉相承

统帅建军垂千古

长征接力有来人

身经百战决胜千里

那是军魂镇定自若的高大身影

放眼世界风云落实强军行动

那是与时俱进建军思想的新里程

国家有难谁敢横刀立马

人民有需谁敢赴汤蹈火

红军八路军新四军志愿军解放军

百年征途一脉相承

十大元帅十大将军在这里

当代三十六位军事家在这里

井冈山精神在这里

万岁军　冰雕连在这里

国之瑰宝两弹元勋在这里

无数的革命功臣在这里

无数平凡而伟大的军人在这里

这里是

党之帅　国之望　民之依　军之魂

伟大的军魂

飘扬在壮丽的军旗上

传承在崇高的军礼里

融汇在光荣的传统中

扎根在战士的心灵里

向前、向前、向前

我们的队伍向太阳

向前、向前、向前

我们是不可战胜的力量

2021 年 7 月 15 日于北戴河

诗意人生

我把它轻轻放回枕边

如同放下自己熟睡的孩子

诗耀中华

五千年中华文明的精粹

神奇汉字语言的天籁之声

我愿是它历史长河的浪花一朵

我愿做它书院里的小草一棵

诗意人生永远是春天的韶华

我爱日出江花红胜火

千里莺啼绿映红的旖旎

我爱黄河之水天上来

燕山雪花大如席的壮观

我爱与诗仙举杯邀明月

听诗圣讲课读书破万卷

与将军醉里挑灯看剑

驾长车，踏破贺兰山缺

诗意人生

国色牡丹羞涩了多少鲜花

冰山雪莲大漠胡杨

生命意志呼唤着希望的春天

与春夏秋冬相伴集日月精华

与高天厚土相恋得天地雨露

上下求索为诗歌彩虹添新色

励精图治为诗意人生谱新篇

日子

人生之谜幸福之谜

朋友

永远的思念

他是这样的人

他是共和国之子、一个大写的人

你的笑脸是温暖的源泉

除夕之夜

初春的雪飘飘洒洒雪花情长

清明之思　红色之恋

立夏，爱乐畅想红色礼赞

秋，白露秋心月朦胧

那是大海的呼唤

归去来兮

梦中的你为爱而行爱在丽江

月光曲里心上人啊

在故乡心心相伴

诗耀中华

鲜红的党旗、五星红旗

好大一面旗

北京颂歌致敬英雄

你从五千年中华文明走来

乘时代东风走向明天

中华民族伟大复兴的明天

在蓝天　在大地　在远方　在心间……

2021 年 7 月 19 日于北戴河

海之恋

我喜欢大雨中的海

那是一种缘分一个机遇

海涛澎湃冲天际

滚滚银河落九天

海和天紧紧相拥在一起

海是天，天是海

风卷不移浪打不散

如久别的恋人情何以堪

真的是海之恋

相思心路近相见路途远

狂风暴雨电闪雷鸣里

骄傲地飞翔着自由的海燕

一片汪洋都不见中

悄悄驶出了弯弯的月船

心里的灵犀在召唤

天上宫阙美何似在人间

海是真正的好汉

为了心上人

收敛起惊涛骇浪气象万千

愿作平湖静水侍从陪伴

朝朝暮暮

吞下一个个骄阳冷月

变幻出一个个

海上升明月　彩霞映海天

善良无私的海

我不能忘

你奉献自己的身体连结起天地

你的家是地球生命的故土

你的地是日月安息的梦乡

你火热的激情飞溅起朵朵浪花

装扮出夜空星光灿烂繁星点点

营造出人间万家灯火风情无限

可爱的大海

你统帅天下之水

抚平了多少欲壑难填的心

张开臂膀接纳百川归海

凝聚起排山倒海的力量

天上人间　人间天上

落霞鸥翔　渔舟唱晚

你是衣食父母梦里水乡

水何澹澹心路远远

皓月灵动波光潋滟

月亮无语大海无言

月色铺满了寂静的海面

挥泪道别

道别在这月夜的海天

海角天涯

夜未央，人未眠……

2021 年 7 月 28 日于北戴河

印象·孔子

有的人活着他却死了，有的人死了他却活着

有一个已远离我们二千五百七十二年的人

他的思想还蓬勃在历史的典籍里

他的灵魂还高居在神圣的庙堂上

他的话语还潜伏在老百姓的心灵里

一个人，一本书，影响了一个民族的气质

这个人是孔子，这本书是《论语》

第一次听说孔子不是在课堂上，也不是在书本里

而是在批判孔子的运动中

印象里的孔子是十足的反派人物

他周游列国主张克己复礼

四处碰壁一生累累若丧家之犬

往事已矣

我到山东曲阜孔子家乡时，孔子已回归其历史地位

曲阜"三孔"是了解孔子的钥匙

孔府，是孔子嫡亲常年居住的府第

是中国封建社会官衙与内宅合一的建筑

有厅、堂、楼、轩等四百六十三间，共九进院落
是一座典型的中国贵族门户，号称"天下第一人家"
由此不难想象当年的尊贵气派

孔庙，祭祀孔子的祠庙建筑。遍布全国各地
曲阜孔庙始建于公元前四百八十年
现在所见的孔庙，大部分是雍正年所建
规模宏大，恍若宫殿，是中国最大的庙宇建筑

孔林，是孔子及其后裔的家族墓地
有坟冢十万余座。孔子墓位于孔林中部
孔林埋葬孔子子孙已至第七十六代，
旁系子孙已至七十八代，从周至今没有间断
延续时间之久，墓葬数量之多
保存之完好，在世界上绝无仅有

耐人寻味的是，"三孔"的出现都是孔子身后的事
孔子一生怀才不遇，生前既没有享受到孔府的锦衣玉食
也没有见到孔庙的神圣尊贵和孔林独一无二的气势
死后却荣华富贵极尽哀荣
这恐怕是他自己也始料未及的吧！
由此可见，历代帝王尊孔的用心

曲阜之行，颠覆了那个年代给我的孔子印象

惊讶在他杰出的智慧里

遨游在他深邃的思想中

沉浸在他哲学的思索里

往事越千年，纵观历史放眼天下

孔子对中华民族　对世界意味着什么？

司马迁这样评价孔子，太史公曰："高山仰止，景行行止"

国学大师说：千年文官祖，百代帝王师

孔子者，中国文化中心也

无孔子则无中国文化

孔子在周朝礼制和统一遭到破坏的时代

构建了完整的道德体系

在治国方略上他主张"为政以德"

最高理想是建立"天下为公"的大同社会

在教育、美学等领域建树颇丰

令人惊奇的是，孔子在他所处的那个时代生发的理想

与当今时代人类社会的一些奋斗目标，是何其相似

当然，孔子的思想也有其落后的一面

墨子、鲁迅等名人以及"五四"运动都对孔子进行过批判

但这并不意味着彻底否定孔子对中华文化的巨大贡献

大道行天下

孔子智慧的光芒不仅照耀神州

而且跨越万水千山，与苏格拉底、柏拉图同堂论道，享誉世界

美国人尊孔子为世界十大思想家之首

伏尔泰说"东方找到一位智者"

李约瑟评价"孔子是无冕皇帝"

爱默生说"孔子是全世界各民族的光荣"

伟哉，孔子！

孔子，对每个中国人来说都是人生里会遇到的重要人物

一个孔子，百岁人生，千年沧桑，万种风情！

生前，文章盖世怀才不遇，孔子厄困于陈邦

身后，尊为圣人时来运转，仲尼福佑于四海

或褒或贬，或衰或荣

一灯能除千年暗，一智能灭万年愚

子在川上曰："逝者如斯夫"！

这声音穿越时空

激荡着我的心……

2021 年 8 月于北京

逐梦屈原

后皇嘉树，橘徕服兮

受命不迁，生南国兮

深固难徙，更壹志兮

千秋橘颂，感天地兮

生长在皇天后土上的橘树啊

宝贵生命和南方热土生死相依

扎根千尺紧紧拥抱着深情的土地

橘满枝头只为和祖国紧紧相依

这首诗是两千多年前的《橘颂》

那可是屈原高悬日月的灵魂

每当读起便身不由己逐梦屈原

梦回两千多年前的春秋楚国

在神奇的橘园流连忘返

在汨罗江畔的寒风里孤独彷徨

目睹朝堂之上的云谲波诡

仰慕屈原的忠心报国大义担当

我看到了独立不迁的屈原

在狂风暴雨的汨罗江畔傲然挺立

他目光炯炯白发长须

伟岸的身躯迎着风雨

张开双臂

护佑着嘉树绿叶素容

悲怆问天

哪里有普天之下的公理

我看到了秉德无私的屈原

在云谲波诡的朝堂之上

敢担当、批谗言、斥奸党

谏楚王、驳上官、战张仪

举世皆浊我独清

众人皆醉我独醒

你是清流，荡涤腐败的官场

你是勇士，铸就生命的绝唱

我看见了志存高远的屈原

把爱写在楚国蓝天上

把情融进汨罗江水里

报国情怀如橘之赋性坚贞

品格高洁如橘之忠贞不渝

《天问》《九歌》《离骚》讲述着理想的不朽

吾将上下求索演绎着不懈的奋斗

坚不可摧

志向生死不渝

卓尔不群爱憎分明的你

当忠心爱国遇上奸佞当道

当芬芳与污垢混杂在一起

宁愿怀抱清白之志跃身汨水

虽九死其犹未悔

你的逸响伟辞　卓绝一世

金玉般的诗歌语言神奇幻想

你的美政理想和人格魅力

汇入了奔腾激荡的黄河长江

汨水有幸伴忠骨

华夏骄傲生屈原

你志趣坚定竟与橘树同风

你至诚一片可与日月同光

路漫漫其修远兮

吾将上下求索

这跨越两千多年的天籁之音

久久激荡在中华儿女的心里

四月的橘园

开满了黄白色的鲜花

鲜花淡淡的清香

跨越了两千年的山河

逐梦屈原的日子是心潮难平的感动

仰慕你是人之楷模

超越国界的时刻是中华文明的风采

赞美你卓绝的楚词

天佑你呀，枝满繁花

历经风雨，洗尽铅华

天佑你呀，神州中华

生生不息，千秋史话

2021 年 8 月于北京

月光之下

中秋月

柔柔的月光

洒满了思念的心田

融融夜色美

是情　是爱　是思　是念

月光之下

是苦　是甜　是命　是缘

月有阴晴圆缺

人有悲欢离合

昨夜星辰晶莹剔透的露珠

广寒宫里长夜漫漫的思念

秦月汉关金戈铁马的嘶鸣

月落乌啼夜半钟声的客船

几许欢情与离恨

年年并在此宵中

月光之下

求索的屈原在悲怆问天

月光之下

大汉的勇士正在豪迈出关

月光之下

诗仙李白正在举杯邀明月

月光之下

沉睡的卢沟晓月响起了

大刀向鬼子们头上砍去

月光之下

一艘历史红船正在启航

为了挽救苦难的旧中国

去开辟从黑暗走向光明的航线

红船不惧风高浪急

闯过一个个激流险滩

渡过黄河长江五湖四海

终于抵达了光辉的彼岸

今宵的月

为什么格外美丽格外明亮

皎洁的月光下

神圣的党旗国旗张开臂膀拥抱你

那是全国人民的心愿

威武雄壮的仪仗队手握钢枪

那是我们伟大祖国的强盛和尊严

故乡啊，你的月最明

明月之下

我国空军一架专机

在战斗机护卫下

降落在祖国深情的土地上

缓缓通过珍珠项链般的水门

共和国以最高礼仪迎接你们

魂兮归来

共和国的英雄儿女

七十年了

你们保家卫国捐躯在朝鲜战场

痛归途之遥远，殇异国之无眠

今天

祖国接你们回家

中秋之夜月光之下

花好月圆万家灯火

安故境于桑梓，圆同胞之期盼

明月之下

山河已无恙　英魂归故乡

明月之下

英烈应笑慰　明月相思情

我感怀华夏五千年的月夜

更喜中华人民共和国的月明

圆圆的月　圆圆的情

一定、一定

圆你梦中圆圆的情……

2021 年 9 月于北京

牵　手

一双大手

圣洁的护卫着一只小手

那　是她来到这个世界上

唯一可以安睡的摇篮

那是她人生启航的港湾

那是母子之间永恒的情怀

那是人类文明中

叫作爱的基因

一只小手

紧紧地抓住大手的一根手指

哪怕只是一根手指

那也是她的整个世界

整个生命

整个信任和整个爱

既然生命中有了这一次拉手

便是终生的缘

小手拉着大手

大手护卫着小手

岁月如歌

人生如梦

在爱的乳汁滋养下

小手成为了坚强有力的大手

大手变成了枯槁无力的老手

大手欣慰小手心痛

长大的小手

紧紧地拉住变老的大手

仿佛历史轮回了人生

手拉着手心连着心

无论是贫穷还是富有

既然生命中有了这一次拉手

便是终生的缘

终生的缘啊，永远手拉着手

……

2021 年 9 月于北京

美哉，晚舟

回家啦

孟晚舟乘我国政府包机回家了

这喜讯

好像插上了宇宙飞船的翅膀

迅速传遍了小小寰球

如温暖的春风

吹拂着神州大地

晚舟，中国人民的好女儿

祖国欢迎你

人民欢迎你

回家，回家，终于回家啦

多少个日日夜夜

你在魔鬼的牢房里

多少个日日夜夜

我们望眼欲穿牵挂着你

我们在东方破晓时

关注着你的消息

我们在落日晚霞中思念你

盼望着盼望着

在渔舟唱晚的归舟里

有你有你一定有你

山重水复关山万里

一切都阻隔不了

我们的心永远和你在一起

当我们在电视屏幕上看见你

大义凛然一身正气

温文尔雅言之有理

就想到了祖国的巾帼英雄

你不是替父从军的花木兰

你不是挂帅出征的穆桂英

你不是优秀的共产党员

江姐、刘胡兰、赵一曼……

从此，在巾帼英雄里又有了

坚贞不屈为国争光的你

中国人民的好女儿

——孟晚舟

在回国前的机场上

你依然镇静自若风度翩翩

"是祖国和人民的支持帮助

使我坚持到了今天

我要感谢祖国和人民"

看吧，这就是我们的晚舟

气节，贵如国色牡丹

品格，洁如高山雪莲

这就是她在历经苦难后的宣言

我想以神州大地为纸

五湖四海为墨

请诗仙李白为你写诗

走遍万水千山

采集奇花仙葩为你结花环

寻遍巴山蜀水

请最好的厨师给你做一顿家乡饭

我想与你一起

歌唱我们伟大的祖国

此时

我们的祖国正是金色的秋天

万山红遍层林尽染

五星红旗迎风飘扬

风展红旗如画

我们的祖国母亲心系儿女

张开双臂拥抱你

父母意志不允许别人侵犯

美哉，晚舟归来

伟哉，我们伟大的祖国

看霞光满天归舟唱晚

幸福的泪水模糊了我的双眼

祖国母亲

我看到了你幸福的笑脸

2021 年 9 月 25 日于北京

远　方

当日月迷失了方向

远飞的鸿雁怎么回到南方

当水上筑起了大坝

自由的鱼儿怎么越过高墙

当六月落下了冰雪

美丽的花儿怎能鲜花怒放

真情在心里流淌

思念

汇成了梦里金色的池塘

莺飞草长鸟语花香

滋润着相爱的心田

两颗心在一起

像鱼儿一样舒畅

荡一叶轻舟漫溯

向着洒满月光的地方

为什么为什么

风雨多变世态无常

鲜花开处未必就是天堂

海誓山盟难免天地沧桑

迷茫　失望　惆怅

想不清　理还乱

难道这是命运的安排

还是自己的模样

难忘啊

过去的时光

过去的模样

过去的衷肠

过去的遐想

我要让时光倒流重回故乡

去广阔草原上牧羊

去寻找

那顶白云飘飘的毡房

把草原之夜篝火点亮

2021 年初秋

心中的太阳

一束光

驾驭着历史的烟云

从盘古开天的混沌世界而来

驱散千古黑暗播种一路光明

他是羲和的孩子

身在遥远的扶桑心系芸芸众生

他是地球人的朋友

我们心中的太阳

我心中的太阳

火红的太阳

你用灿烂朝霞拥抱小小环球

驱散黑暗冷漠的心

你用热吻点燃阳光之火

让霞光万缕铺满希望的心路

你燃烧自己身体驱散漫漫长夜

唤回春光明媚莺歌燕舞

你用火热的心弹出生命赞歌

舍己为人不是遥远的天路

我心中的太阳

明媚的太阳

原来你也饱尝过世事沧桑

原来你也经历过凄风苦雨

你烘干冷泪盈眶

依然深情地吻遍每一个清晨

用热情酿造出丰收的甜蜜

用七色光描绘出多彩世界

你那温暖的情意

汇成了千门万户宁静的灯光

我心中的太阳

诗意万千的太阳

你痴迷了多少诗人

为了你流传下多少盖世华章

"日出江花红胜火"①

"微阳初至日光舒"②

"日照香炉生紫烟"③

"日光微漏潭见底"④

"白日依山尽"⑤ "长河落日圆"⑥

这天下奇观人间仙境

是诗人的天分秀美了山川

还是太阳的精灵在诗中闪光

我心中的太阳

永恒的太阳

你那温暖的阳光

永远照耀在我们的身上

你的精神是炎黄子孙的图腾

你的气概是中华民族的形象

你的举止是华夏文明的象征

经历了漫漫黑夜

才更加珍惜太阳的光明

你永远在我们的心里

我心中的太阳

希望的太阳

在高山之巅我看见了

光芒四射喷薄欲出的一轮朝日

日光之下

山川秀丽　鸟语花香

幸福荡漾在每个人的脸上

和太阳手拉着手

抒怀歌唱

2021 年 11 月于北京

注：

①白居易。②黄庭坚。③李白。④陆游。⑤王维。⑥王之涣。

长河为我从天落

红旗渠，位于河南安阳林州市。于 1960 年 2 月动工，历时近 10 年。该工程共削平了 1250 座山头，架设 151 座渡槽，开凿 211 个隧洞，修建各种建筑物 12408 座，挖砌土石达 2225 万立方米，红旗渠总干渠全长 70.6 公里。被誉为"世界第八大奇迹"

长河为我从天落

——观央视电视剧《红旗渠》有感

你从太行深山奔腾而来

好似天上飘然而落的银河

安家在千山万壑悬崖峭壁之侧

于是，悬崖高傲的颈项上

一条熠熠发光的珍珠项链在闪烁

不！那不是项链不是银河

那是红旗渠的光辉

一首敢叫日月换新天的赞歌

你不是大自然的天之骄子

鬼斧神工不曾把你眷顾雕琢

千百年来

这里的群山峻岭在悲壮诉说

期盼格拉丹东雪峰的水流过

千百年来

盼水的思念一次次催醒夜梦

伤心的泪汇集成了失望的河

为了一罐水

多少人反目成仇赴汤蹈火

多少人刀枪相见命丧黄泉

盼水，谁能解救这千年的求索

是中国共产党人

心系着人民的冷暖苦乐

不怕吃苦不怕困难

不怕委屈不怕批判

不怕撤职不怕查办

不敢相信　不可思议　无法想象

在国家遭受自然灾害的困难时期

在没有国家财政支持和援助

没有专业施工队伍和机械设备

饭都吃不饱的情况下

仅仅凭着一把锤　一根钎　一双手

劈山架桥　引水过山　人造天河

世界第八大奇迹诞生在神州大地

当我面对着不可能的可能

面对着人间天河和世界奇迹

面对着不是神话的神话

不禁感慨万千

为什么不可能成为了现实

为什么千年难题被破解

为什么朵朵葵花向太阳

为什么多情水愿载那同心舟

当我在工地上分不出

谁是总指挥、总设计师和民工

看到了谁与人民同甘共苦

看到了谁是吃苦在先的人

看到了谁是危险时冲在前的人

看到了和民工在一个锅里吃饭的人

一切的说教都可以休矣

我看到了真理的光芒和力量

劈开太行山漳河滚滚来

问渠哪得清如许

为有精神源头来

公元二〇二一年九月

中共中央批准把红旗渠

"自力更生　艰苦创业

团结协作　无私奉献"的精神

纳入中国共产党人的精神谱系

红旗渠，你是光荣的旗

鲜红旗帜上飘扬着伟大的真理

共产党和人民心连心

老百姓一心跟着党前赴后继

漳河水流淌着艰苦创业的甜蜜

跟着你就是光明就是力量就是胜利

红旗飘飘歌一曲

长河为我从天落，从天落

青山绿水逐梦如歌……

2021 年 11 月于北京

万岁，红旗渠精神

观央视电视剧《红旗渠》随笔

当我创作完成了《长河为我从天落》这首诗歌，每每听到大家的朗诵，我的心情依然不能平静，这是为什么？也许这就是红旗渠精神在感动着我。

如果单纯从艺术作品角度来讲，也许电视剧《红旗渠》算不上什么汇聚了大明星，投入了巨资的大制作。它正如红旗渠一样从深山走来，不张不扬默默无闻走进了我们的心里。的确，只是一条渠，没有长江的雄伟壮阔；没有黄河的崇高荣誉。但是，红旗渠的诞生不是大自然的馈赠，而是人类为改变命运，在共产党领导下艰难困苦玉汝于成的伟大胜利；是铭刻在太行山上的一座丰碑，告诉我们共产党与老百姓心连心就无往不胜这一伟大的真理。

有这样一个情景让我不能忘怀。为了解决修渠的资金困难，县委动用了"一平二调"资金。当上级要查处时，县委书记主动要求负全责，县委常委、银行行长个个把责任往自己身上揽，他们不是在争荣誉、地位，而是要被处分甚至被撤职呀！他们都是廉洁奉公的好干部，为了党的事业甘心情愿受委屈。老百姓听说了，找领导说，我们就是砸锅卖铁也愿意把这个窟窿堵上……这是多么品格高尚的领导班子，这是多么可爱的人民群众，这是多么令人羡慕的政治氛围！这是为什么？因为他们有一个共同的理想，没有一丝一毫的私利。现在，有些人总爱埋怨，这也不好那也不行，面对着林县的干部，难道不感到羞愧吗？我们是不是可以从中受到启发呢？

此情此景，我不禁想到了战争年代共产党和老百姓的鱼水之情：最后一尺布用来缝军装，最后一碗米送去当军粮，最后的老棉袄盖在了担架上，最后的亲骨肉送他上战场。

伟大的精神无穷的力量，永远的传承永远的辉煌！2021 年 9 月，中共中央批准把红旗渠"自力更生，艰苦创业，团结协作，无私奉献"的精神纳入中国共产党人的精神谱系。

万岁，红旗渠精神！

老 姨

连续两个夜晚，老姨来到我的梦里

谈笑风生其乐融融

她的音容笑貌依然如故

依然是我记忆中的模样

笑容总是在她的脸上

浓浓的乡音说出来的话

逗得我们哈哈大笑……

我从笑梦中醒来，意识到

那幸福快乐的时候已经是遥远的回忆

心里空落落的，惆怅满怀

如果她健在，这时节也该来家里了

老姨，我想你了

有句俗话叫七大姑八大姨

我想，是形容亲戚多吧！

不管怎么说，我家的亲戚确实多

但是，让我们难以忘怀的人是老姨

从我记事的时候起，每年的初冬时节

老姨都会从家乡来到我家，直到春节前才走

在我的记忆里，这是全家的快乐时光

以至于成了一种习惯

一到这个季节，心里就生出希冀，盼着老姨的到来

这个心愿，一直持续到我们兄弟姐妹都有了孩子

直到老姨离开我们

老姨是地地道道的农民，一生坎坷没有孩子

但是她总是那么快乐，说话幽默风趣，带来一片欢喜

她到我家不是走亲戚做客，而是干活

每天洗衣做饭缝衣做鞋

那时候没有洗衣机，全靠手一件件地搓

印象最深的是给我们做鞋

先把没用的布用浆糊一片片粘好、晾干

然后再按照每个人脚的尺寸裁好，一层层叠加

用针锥扎穿，用事先搓好的麻线一针针纳成鞋底，

和鞋面缝在一起

可以想象，这是多么费时费力的事情

多少个夜晚，当我从睡梦中醒来，

看见老姨还在昏暗灯光下纳着、纳着……

老姨离开我们很多年了，我常常想

她只是一个没有文化的农民，

可是她是那么的智慧、幽默、大气

那是因为她是有一颗金子般善良的心呀

建国初期，我妈妈在县委工作，姐姐住在姥姥家

有一次姐姐病了，天下着大雪，

只有十岁的老姨，背着姐姐去找妈妈

途中还要过一条河，其实，老姨那时候也是个孩子呀

真是无法想象老姨是怎么做到的

老姨对我们既像大姐姐又像妈妈

后来姥姥随我们全家到北京生活，姥爷也病故了

农村只留下了老姨，她的困难可想而知

但是老姨从来没有提出过任何要求，

也从来不表白自己对我们的恩情

一如既往，每年冬天来到我家拆洗缝补，

照顾了我们几十年，直到病故

每念及此，我们都潸然泪下

我们和老姨相处完全没有长幼尊卑之分，就像朋友一样

后来，我们的孩子也都管她叫老姨

这时，她总是高高兴兴爽快答应，还直说没事、没事

起风了，飘雪了

冬来了，梦醒了

风啊，请你带去我的思念

雪花呀，请你带去我的温暖

冬啊，请你不要严寒

老姨呀，请你不要孤单

我们会永远怀念你

期盼着在飘雪的季节，梦中相见

2021 年 11 月 22 日

分秒人生

时光，在匆匆的分秒里荏苒

人生，在如梦的时光里消融

日升日落朝朝暮暮

时光飞逝如昙花一现

造就多少风流千古人生

分秒时光　匆匆人生

一眨眼

上学了　工作了　成家了　立业了

一回头

孩子的孩子都满地跑了

一转眼

日落西山倦鸟归巢人生迟暮了

真的不敢相信

岁月果真是如此急迫而残酷吗

急迫到让人窒息

残酷到令人恐惧

为什么平时无影无踪

到时候又是那么无情无义

时光，我那逝去的人生
难道真的一去不返了吗

我急忙拿起镜子
镜子里还是过去的自己吗
镜子呀镜子
是岁月蒙眬了你的双眼
还是分秒蹉跎了我的颜容
那个英俊潇洒的少年
朝气蓬勃充满活力的人
竟然背叛了青春的昨天

我的岁月我的青春我的人生
你都到哪里去了
我在泛黄的照片里
寻找英姿勃勃的青春少年
我在大红的奖状证书中
回味生命走过的足迹
我在金光灿灿的奖章里
寻找生命曾经的不同凡响
我在现实生活的尴尬中
寻找往昔生命的春风

春雨又绿青纱帐
夏日炎炎蒸池塘

秋风送爽秋色美

冬来雪花叙情长

太阳还是那个太阳

月亮还是那个月亮

日子还是那个日子

时光还是那个时光

我的日月我的岁月我的时光

我找到了你的灵魂之光

我们不必留恋逝去的人生

我们无需在意眼前的状况

人生的一切都要变成过去

只有真理才是永远的光芒

珍惜时间就是珍惜生命

你的心境便是你的人生风光

日出东方光芒万丈

落日辉煌心系理想

辞岁的钟声悠悠荡漾

岁月的脚步坚定铿锵

分秒，依然匆匆

人生，还在远方……

2021 年 12 月于北京

唇齿情

再见了

我天生的精灵

你为什么就要离去

我们生来就唇齿相依

你给我幸福

我爱你不移

你我难道就这样别离

今生今世情深难再续

再见了

我难忘的精灵

这样分离我会想你

虽然你是为了我离别

可是我依然舍不得你

今生情未了

来生还爱你

再见啦

我宝贝的精灵

马上我们就要别离

钻心钻肺的痛

难别难舍的离

白衣天使还在等着你

命运让你随她而去

我的宝贝我的精灵

黑夜即将过去

旭日就要升起

你的爱永远在我心里

伴随着我

一生一世　　不离不弃

2021 年 12 月 9 日晨于北京

这 天

不需要策划

不需要安排

不需要命令

不需要感谢

像分秒一样准时

像日月一样忠诚

像白云眷恋着蓝天

像百川心向着大海

每当这一天来临

人们都会自发地来到这里

只为看上您一眼

献上一束花　鞠上一个躬

表达一份深深的心愿

今天

是 12 月 26 日

伴随着天安门广场国旗升起

成千上万的人又来到这里

毛主席纪念堂前

已经排起了无边无际的长龙

这长龙

正如人们对您

开国领袖无穷无尽的思念

虽然默默无言却胜过万语千言

队伍里有白发苍苍的老人

有朝气蓬勃的青年

也有一脸稚气的少年

此时，也许他们心境不同

此刻，也许他们感受不同

但是，有一点一定相同

他们都在怀念这位

静静躺在那里的历史老人

我们永远的思念

人们来到这里

不是为了向神灵进贡

不是为了向权力表示忠诚

只是为了来看望心里的亲人

因为我们和您血脉相通

忘不了

您波澜壮阔的一生

您是为拯救中国而生的革命导师

您是心系大众的人民领袖

您用一生的行动

证明了崇高人格的伟大

您用一世的功绩

证明了中国共产党的英明

今天

您已经离我们渐行渐远

但是您始终活在人民心中

您的思想

是高悬于九天之上的彩虹

您的精神

是吹绿了神州大地的东风

您的温暖

是东方冉冉升起的太阳

人民热爱您啊

敬爱的毛主席

这是历史的必然选择

这个选择

如大江东去浩浩荡荡

如泰山青松万古长青

东方红太阳升

中国出了个毛泽东

他为人民谋幸福

他是人民的大救星

2021 年 12 月 26 日于北京

难忘 2021

北国的雪花

跳起了迎春的舞蹈

南国的细雨

清洗着暮冬的黎明

报春的燕子

嘹亮了清脆的歌喉

盼望春天的人啊

眼望着莺啼绿映红

本以为

蹉跎岁月

已经把情感磨得迟钝

一次次分别

再也唤不回青春激情

可是此时为什么

像告别亲人依依不舍

如告别恋人难舍难分

啊，难忘的 2021 年

我舍不得

舍不得与你告别

不是因为逝去的韶华

不是因为逝去的时光

而是因为你

这一永载史册的伟大年份

一百年了

今天是你的生日

我们伟大的党

你从波涛滚滚的黄浦江畔走来

二十八年艰苦卓绝

二十八年前赴后继

二十八年流血牺牲

二十八年历久弥坚

灿烂的朝阳升起在金色的北京

神州大地响彻《东方红》的歌声

七十二年风雨兼程

七十二年不忘初心

七十二年改天换地

七十二年光辉历程

伟大的中国共产党

是您让中华民族获得了新生

一百年了

光荣的中国共产党

情为民所系利为民所谋

救人民于水火　谋百姓于安宁

你从七十二年前

一穷二白百废待兴中走来

共产党人开始了新的长征

激扬着只争朝夕的精神

抒发着敢教日月换新天的豪情

历史伴随着共产党人前进的脚步

老百姓的生活

从饥寒交迫到丰衣足食

从丰衣足食到全民小康

在我们党百年华诞的时刻

实现了全面小康的奋斗目标

让时光见证　让岁月难忘

中国共产党和中国人民

筚路蓝缕胼手胝足

创造出了人间奇迹

难忘的 2021 年

难忘的一年

难忘的时光

难忘的奇迹

"神舟"飞船遨游太空

"祝融"智者火星探路

"红色基因"代代相传

"冰雕连"气概浩气长存

2021 年

难忘的一年伟大的一年

辉煌的一年难舍的一年

你站在两个一百年的交汇点

面对世界百年前所未有大变局

我们伟大的党伟大的国

交给了历史一份合格的答卷

雪花呀，你尽情地飞舞吧

雨儿呀，你尽情地飘洒吧

鸟儿呀，你尽情地歌唱吧

中南海彻夜不眠的灯光

照亮了神州点燃了万家灯火

五星红旗迎风招展

歌唱着我们的祖国

难舍的 2021 年呀

一路上有你陪伴

我们一定向前　向前　向前

2021 年 12 月 31 日于北京

一半海水，一半火焰

我凝望着最初的凝望

那是我们生命开始的地方

波涛滚滚的海面

一会儿如金黄色的麦浪

一会儿变成了坚船利炮的沙场

我爱你，大海

爱你伟岸的身材

爱你统帅天下之水

爱你晨曦中托起红彤彤的太阳

爱你夜色里捧出水淋淋的月亮

我爱你胸怀宽广

成全天地并蒂　在水一方

我爱你激情澎湃

有移山填海的力量

大海的神秘让我向往

这里是太阳和月亮居住的地方

是郑和下西洋启航的海港

是海明威的《老人与海》

是普希金《渔夫和金鱼的故事》

是古希腊哲学家西赛罗的预言

是魔咒　是欲望　是浪漫　是幻想

多少弱国在强权的炮声里

国破家亡

多少生灵在魔爪的威逼下

苦不堪言

我那美丽的台湾岛

我那富饶的胶东半岛

我那血汗挣来的两亿多白银

我那北洋水师的壮士啊

你们都到哪儿去了

危难中

一只红船从嘉兴南湖启航

冲进惊涛骇浪

如暴风雨中勇敢飞翔的海燕

百折不挠　驱散乌云

照亮了大海

海面上升起了不落的太阳

艳阳之下

我听到了大海激动的心跳

自由之神在歌唱

水何澹澹　　渔船点点

鹰击长空　　鱼翔潜底

"玉兔"上九天探月

"蛟龙"下五洋捉鳖

"神盾"在千里巡防

"辽宁"航母编队亮剑启航

我凝望着最初的凝望

朝潮朝落　　潮落潮涨

一位伟人在大雨中观海

指点江山激扬文字千古文章

大雨落幽燕

白浪滔天

秦皇岛外打渔船

一片汪洋都不见

往事越千年

萧瑟秋风今又是

换了人间

2022 年 1 月于北京

梦

梦见你哭了
晶莹剔透的泪珠
如幽谷中烂漫的山花
似高山上盛开的雪莲
你的圣洁陶醉了我的心
那是雪莲对高山的眷恋
那是山花对幽谷的情意
梦中的我　心中的你

人生如梦　岁月如歌
春夏秋冬是无尽的思念
日升日落是天天的牵挂
朝思暮想的人是你
夜不能寐的人是我
我们并肩走过蹉跎岁月
我们携手度过人生风雨
难忘的日子长留心间

在梦里

雪花一片片扑向深情大地

泪花一滴滴落在我的心上

雪花飘飘泪花点点

只为一人飘香

你要照顾好自己

天凉了　别忘了添暖衣

一日三餐　不要应付

按时睡觉早点休息

在梦里　真实的梦里

你贴心的话语变成了春风

你晶莹的泪珠化作了春雨

春回大地万紫千红

无限春光里

那最靓丽的一抹鲜红

就是梦中的你

永远是你

2022 年 1 月于北京

过年随想

过年了

激情四射的爆竹点燃了年的渴望

深情的红灯笼盼望着游子的笑脸

年夜饭已经摆满了桌上

合家团圆是过年的心愿

难忘今宵

除夕一夜思千里

斗转星移去远方

最有情的一天最温暖的时光

古往今来

过年是喜是愁是悲是欢

那秦时明月汉时的雄关

那唐时霓裳宋时的悲欢

那达官贵人的饕餮盛宴

还有杨白劳饥寒交迫的风雪年关

仿佛还在眼前变幻

只有年像一个忠诚的恋人

不离不弃陪伴着我们

走过千年风雨带来亲人温暖

严寒是不能阻挡春天脚步的

冷酷是不能玷污年的纯洁的

过年　你是炎黄子孙永远的期盼

过年　你是中华儿女心里的春天

今晚的月亮为什么格外明亮

今天的日子为什么比蜜还甜

那是因为一轮红日喷薄而出

照亮了神州大地

带来了光明带来了温暖

带来了过去从未有过的

富足　舒心　快乐　美满

我要举杯祝愿

为了我们

今天的幸福生活今天的过年

我要邀请

秦皇汉武唐宗宋祖千古风流人物

我要邀请

革命先烈民族英雄和人民子弟兵

我要邀请

所有为祖国为人民无私奉献的人

请"祝融"　伯牙抚琴

请"嫦五"　邀嫦娥起舞

请"北斗"　找诗仙挥豪

共同祝福我们的祖国

繁荣富强花好月圆

甜蜜的美酒还在心里荡漾

勤劳的除夕已经背起了行囊

年之初月之初日之初

只争朝夕

是过年告诉我的秘密

那是走向未来凌空飞翔的翅膀

我醉了　醉了……

醉卧在除夕之夜温暖的怀抱

雪花飘飘落在了脸上

除夕的脚步坚定铿锵

无限风光里

我看见了人间最美的地方

那是神州大地除夕之夜的

火树银花万家灯火

那是我可爱的祖国

心中永远不落的红太阳

2022 年 1 月写于北京

春 日

春眠不觉晓

这一夜的觉睡得好香啊

没有平时的喜怒哀乐、所思所想

只有心在跳动，肺在呼吸

沉醉在岁月静好的梦乡

一觉醒来，新春的问候扑面而来

哦，时光的脚步已经悄悄地走到新的一年

春天到了

我凭窗眺望

寻找春天的影子

春天你在哪里？

窗外的树似乎依然是干枯的样子

路边依然没有花的影子

路上匆匆行走的人们

手里拿着大包小包的礼品

应该是去走亲戚吧

我看到了他们的脸上绽放着幸福的微笑

哦，我突然明白了

这不就是春天的气息吗？

再看树枝上挂满了红彤彤的灯笼

建筑物上布满了彩灯串串

千门万户喜气洋洋

春风里饭菜飘香

这不就是春天吗！

春天真的来了

春江水暖鸭先知

鸟儿们已经去迎接春天了

我站在阳台上仔细观察

树的枝头上已经露出了淡淡的鹅黄

远处的河坡上远望青翠近却无

一切都在孕育着勃勃生机

期待着准备着

春暖花开万紫千红

一元复始，万象更新

我要感谢身体，又一次带我来到新的时光

我要感谢节气，又一次情系人间春满大地

我要感谢亲朋好友

你们浓浓的亲情是永远的春天

我更要感谢我亲爱的祖国

是你给了我们今天的天

今天的地

今天的幸福生活

今天的人生风光

春日巡诗玉苑滨

无边红灯一路新

满园春色关不住

诗海心韵迎新春

一年之计在于春

那些最早感受到了春天气息的人们

已经在谱写着一首关于春天的诗了

诗海心韵的地方

有我无尽的思念

五湖四海，群贤毕至

各领风骚，共筑美好

为春光明媚的季节增添一抹色彩，一缕春光

多谢了，多谢你朋友

诗海心韵的旋律里

感受到了你如沐春风的声音

我记住了你春天般可爱的样子！

2022 年 2 月 4 日作于北京

为诗海心韵而作

人生道情

——漫话情人节

情人节到了

问天下情为何物

竟让人生死相许

古往今来

也许真的没有人能说清楚

但是

这并不影响有情人

为爱而行

天高海深的情啊

你造就了多少感天动地的爱情

融化了多少相爱人的心

梁祝化蝶，白蛇救夫

鹊桥相会，长城孟姜

高山流水，巫山云雨

更有革命人刑场上的婚礼

一诺千金一生相许

公元 270 年 2 月 14 日

罗马帝国的监狱

处决了一个叫瓦伦丁的人

因为他和监狱长的女儿相爱

因此付出了生命的代价

他为爱而死了

但是，他纯真的爱情

超越了国度的限制

超越了宗教不同的信仰

他的爱情获得了永生

——情人节

人这一生

不知道会遇到多少情

亲情　友情　爱情　恋情

男女之情　红颜之情

战友之情　患难之情

同窗之情　利益之情

难舍难分的是情

刻骨铭心的是情

不共戴天的是情

深仇大恨的是情

说不完的情

是为爱是为性

是为利是为名

是为钱是为权

是为貌是为行

人的一生总是在不停的

遇见情　选择情

维护情　陪伴情

鸟儿比翼蝴蝶双飞

清清碧波鸳鸯戏水

关关雎鸠在河之洲

声声呼唤惹人心醉

生死相依不离不弃

有缘无缘　是分是聚

爱情维度千古之谜

问心思念谁

2022 年情人节

元 夕

元夕到了
在这东风夜放花千树的时候
更思念，心中人
我们就要和过去的一年惜别
我们就要在诗海心韵后再见
我徘徊在月上梢头
众里寻你千百度
拿什么奉献给你我的朋友
——我不想说再见

是谁远隔万里却又如在身边
是谁亲如一家却又从未见面
是谁足不出户畅游上下五千年
是谁随心所欲让春夏秋冬旋转
是神仙，只能是神仙
不，不是神仙
他们是诗海心韵里耕耘的诗友
齐心协力开创诗歌世界的新篇

难忘啊

我们曾经日月经天

流连在颐和园知春亭畔迎接春天

攀登上雄伟的鹳鹊楼期待明天

陶醉在群贤毕至的滕王阁思念

忘情在黄鹤楼上把黄鹤呼唤

在《春日》里播种友谊之花

在《清明之思》里慎终追远

在《立夏》里辛勤耕耘希望

在《秋》天收获层林尽染

在《雪花情》里走向明天

春日巡诗玉苑滨

无边红灯一路新

春雨，沐情意浓浓

林间，闻燕雀呢喃

有情的夏

你是奋斗者的最爱

你是勤劳者的天堂

秋色无墨千秋画

霜染枫丹，你是彩虹里的诗篇

纷纷扬扬的雪花里

我看见了你可爱的笑脸

是诗中那神秘的缘

让我们在浩瀚的诗海里遇见

虽然远隔万水千山

依然温暖了彼此的心田

我们在太白世界里追求诗韵

我们在旭日东升中走向明天

多谢了，多谢你朋友

在诗海心韵的旋律里

我感受到了你如沐春风的声音

我记住了你春天般可爱的笑脸

日圆，月圆，元宵圆

心缘，人缘，诗歌缘

衷心祝福你

亲爱的朋友们

日日月月岁岁年年圆圆满满

如祖冲之的圆周率一样

不可穷尽永永远远

壬寅虎年元夕于北京

红色

——海南记行

美丽的三亚

碧海　蓝天　白云

还有像宝宝的小手一样

柔软　细腻　金色的沙滩

最是那亮丽的红色

惊艳了我的眼

这里是太阳的家乡吗

处处是火一样的红

壮丽的火焰树像巨大的火把

在天地之间燃烧

烂漫起伏娇媚的三角梅

似天上的彩虹落在了身边

红色的木棉花　凤凰树

更有无数叫不出名字的花草

给大地铺满了红色的芳华

美哉

三亚红色壮美天下
那可是琼崖纵队播下的火种
那可是冯白驹和战友们
点亮了五指山万泉河的星火
那可是红色娘子军女战士
战火中激情燃烧的青春
那可是中国人民解放军
解放海南岛的红旗招展如画
英雄的生命开鲜花

红色，伟大的红色
那是革命先烈甘洒热血写春秋
那是人民今天红红火火的日子
这神圣的红色
在三亚　在海南　在神州大地
枝繁叶茂　红色中华

2022 年 2 月 26 日于
海南三亚清水湾

妈妈，老娘

——致敬"三·八"妇女节

小时候

你是美丽可爱的天使

长大了

你是青春靓丽的女神

结婚了

你是惊艳四座的新娘

再后来

你是哺育孩子的妈妈

再后来

你是白发苍苍的老娘

妈妈，老娘

是你们给世界带来了阳光

是你们给人类带来了力量

是你们给儿女带来了幸福

是你们给未来带来了希望

你们就是儿女一生的

阳光　力量　幸福　希望

世世代代永远不忘

我的妈妈我的老娘

你带着我来到这个世界上

我认识的第一个人是你

吃的第一口饭是你的乳汁

叫一声妈妈

那是我说的第一句话

那是我写的第一篇锦绣文章

你是我生命成长的摇篮

拉着你的手

我迈出了人生第一步

走出家门　校门　国门

走上人生巅峰的珠穆朗玛

走上告慰妈妈的人生辉煌

我的妈妈我的老娘

你用伟大无私的母爱伴我成长

是你给了我生命

给了我一个温暖的家

给了我一切的一切

我长大成人了

你却失去了青春

失去了美丽

失去了健康的身体

你把一切都给了儿女

让我拿什么报答你

我亲爱的妈妈

让我拿什么报答你

我的妈妈我的老娘

春风吹拂着你脸上的皱纹

日月梳理着你满头的白发

千山万水在为你歌唱

世世代代铭记着你的恩情

我知道

你不需要回报

因为全世界的人都这样叫你

妈妈，我们亲爱的妈妈

你是人类社会伟大的女性

老娘，我们伟大的老娘

衷心祝福你

妈妈　老娘

幸福安康　万寿无疆

2022 年 3 月 7 日于海南三亚

陪你到天明

在这宁静的夜晚

我仰望星空

幻想着

在茫茫人海里与你相逢

满天星星眨着眼睛

默默无言情意浓浓

在这明媚的清晨

我眺望大海

盼望着

在日出东方中与你同行

涛声阵阵诉说着

几度风雨几度春秋情

是满天的繁星

告诉我你的行程

是大海的涛声

告诉我你的心情

爱，似乎很平常

一生中谁没有被人爱过

一生中谁没有爱过别人

你可感知了爱的真容

穿越历史时空

透视爱的肌体

一个爱字难解之谜万种风情

多少千古帝王一世枭雄

不爱江山爱美人

多少穷困书生才子佳人

金榜题名现原形

多少恩爱夫妻芸芸众生

荣华富贵各西东

多少真爱无言默默守护

生死不移只为你

既相爱，为何还分离

既无爱，为何还言情

高天悠悠流浮云

滚滚长江东逝水

秋风叶落南飞雁

三九惊雷动地声

铜雀春深锁二乔

真真假假不了情

把真情交给太阳去烈焰熔炼

把爱意交给月亮去核酸检验

在熔炼中有质变

在检验中见真情

春夏秋冬风霜雨雪

是谁与你相惜到永远

陪你到天明

2022 年 3 月于海南三亚

日 出

我深情地依恋着大海
那里是太阳的故乡
我迷恋着大海的日出
那里有新生的力量
在这黎明前的冷月下
我在海边焦急地翘首期盼
期盼着日出东方　万道霞光
期盼着阳光灿烂碧波荡漾
期盼着鹰击长空鱼翔浅底
期盼着千帆竞发渔舟唱晚

目睹了太阳冲破沉沉黑夜
才懂得什么叫历久弥坚
见证了太阳百折不挠精神
才懂得什么叫百炼成钢
无论是乌云密布电闪雷鸣
还是黑云压城狂风暴雨
上下五千年　红日升东方

看东方

一轮红日穿云破雾喷薄而出

一明除千暗　一霞满天光

辉煌映四海　光辉照万方

一撇写北国　一捺画南疆

诗韵心海里　琴棋书画香

高山流水遇知音

谁是同路人　陪我入梦乡

亲历了日出东方

眼里有精神　脚步亦铿锵

岁月沧桑，年轻之心不变

人生起伏，哲思之理不忘

流金岁月在脑海浮现

青春芳华在梦中开放

憧憬光明走向辉煌

红日升东方　大道闪霞光

我何其幸生你怀

承一脉血流淌

平凡而伟大　伟大不平凡

高怀见物理　睿智得天真

光环有风采　身后是担当

面朝大海春暖花开

向着太阳升起的地方

向着太阳升起的东方

2022 年 3 日 16 日于海南三亚清水湾

再别海南

料峭二月

北国风光千里冰封万里雪飘

南岛气象百花盛开姹紫嫣红

遥行千里不觉苦

思绪万千故地情

我来了，海南岛

这里是太阳依恋的地方

热情似火是它的衷肠

这里是红色的热土

红的纯粹是百花的盛装

这里是希望的田野

南海明珠是它的美誉

这里是天地的骄子

美丽富饶四季芬芳

壮丽的火焰树又长高了

连绵不绝红色的花朵

似落日晚霞染红了天际

娇媚的三角梅也长大了

动人的风采

像美丽的新娘惊艳了时光

椰林沙沙如曲

海涛阵阵如歌

蓝天　白云　碧海　金色沙滩

香蕉　菠萝　椰子　芒果　咖啡

还有沁人心脾的空气

啊，可爱的海南岛

我醉了

醉卧在这美丽富饶的热土

我爱五指山雄伟壮丽

我爱万泉河清澈无比

红色海南岛伟大的传奇

忆琼崖纵队，激情燃烧的岁月

乘环岛高铁，风驰电掣欢乐游

观文昌基地，长缨在手冲天际

慕博鳌论坛，世界目光聚中国

赞改革开放，昂首阔步创新路

全岛封关建设自贸试验区

海南，正在创造一个个奇迹

英雄的五指山啊

你盛开的三角梅无比壮丽

清纯的万泉河啊

你流淌的幸福水多么甜蜜

一切都是那么熟悉而又陌生

徜徉在这如花的奇迹里

我醉了

陶醉在这片深情的土地

再见了

美丽的海南岛

我满怀希望而来满怀激情而去

我要用情的真挚

把你的倩影镌刻在祖国的蓝天

我要用爱的甜美

把赞美你的诗歌写在神州大地

祝福你

欣欣向荣日新月异

四季花开永远靓丽

2022 年 3 月 22 日于海南

陵水清水湾

来自空中的思念

我一遍又一遍地想啊想

可是为什么

为什么还是想不清楚

我一遍又一遍地问啊问

为什么还是问不明白

为什么本来是一次快乐的旅行

转瞬间变成了举国哀痛

人生在世难道真是悲喜无常

这无常的秘密与谁同行

科学技术为人类插上了翅膀

坐地日行八万里不再是幻想

现代文明的骄傲飞翔

让神仙羡慕　让齐天大圣空想

试问

是何方神圣胆敢

胆敢把我们的亲人

父母乡亲　兄弟姐妹

开启生命之门的钥匙

放在了高空潘多拉盒子之旁

苍天啊，苍天

神圣啊，神圣

你可看到了人们的痛苦

你们可听到了天地的哀鸣

难道就这样告别了

高堂父母　娇妻爱子　丈夫儿女

难道就这样告别了

未尽的事业、同事和朋友

难道就这样

从此天地永隔　人各一方

谁回家点灯照亮

谁回家下厨做饭

谁来陪父母说话

谁来陪孩子歌唱

在悲痛中，我仿佛听到了

听到了遥远的叮咛

亲人们啊

不要痛哭不要悲伤

天有不测　世事无常

人生有情　人间有爱

黑夜里有你陪伴不孤单

我们看见了万家灯火

看到了远方的希望

亲爱的人们

又踏上了现代文明的旅程

我们有坚强的翅膀

勇敢地飞向远方

逝者安息神女无恙

2022 年 3 月 25

海南清水湾

天地之恋

悼念"3·21空难"中牺牲的空姐

忘不了

你的笑容灿烂如花

忘不了

你的身姿矫健挺拔

忘不了

你的人生航线铺满鲜花

忘不了风云变幻

带走了我一生的牵挂

你是蓝天上飞翔的凤凰

把中华文化友谊的种子

传播在全世界的海角天涯

你是带来幸福的仙女

亲切端庄的仪表

是盛开在天空中的仙葩

忘不了啊忘不了

你那月下娓娓的情话

忘不了

你那眼里噙满的泪花

忘不了

你那情真意切的承诺

忘不了

你那青春壮丽的芳华

厄运使你的承诺在空中绽放

一诺千金化作了壮丽的虹

挂在遥远的天边

彩云朵朵梦里回家

有情人在天涯

忘不了啊忘不了

你是爹娘的心头肉

忘不了

你是无微不至的妈妈

忘不了

你是家里快乐的音符

忘不了

你是饭菜飘香的神话

天之大

为什么容不下人间情话

骨肉分离人成各

地之悲

白发人送黑发人

恩爱夫妻天涯成孤旅

幼小的孩子失去妈妈

热恋情侣断肠在天涯

问苍天

你可看见了听到了

举国哀悼

江河呜咽　山川恸哭

大地盈满了思念的泪花

思念的人啊

晚风习习可是你在诉说情话

雪花片片可是你想家的泪花

我的心碎了，碎了

化作满天闪闪的繁星

陪着你到海角天涯

蓝天上悠悠的白云是你

追随你的鸟儿是我的坚韧不拔

一生相伴　一世不离

皓月照我心清明好还家

2022 年 3 月 30 日于北京

"五·一"怀想

你是荡涤污泥浊水的清流

唤起我到中流击水的豪情

你是勤劳智慧的化身

让我仰慕和尊敬

你是扎根大地之上的小草

教给我人生就是脚踏实地

你是傲立高山之巅的青松

告诉我是栋梁必风雪洗礼

起来，不愿做奴隶的人们

砸碎身上的锁链

团结起来到明天

那是十九世纪

密西西比河荡涤旧世界的惊涛

那是 1886 年

芝加哥大罢工震惊世界的呐喊

那是在恩格斯领导下

第二国际诞生的大地之子

你燃起了驱逐黑夜的烈焰

在安源路矿黑暗的巷道里

点亮矿工渴望光明的心灯

在京汉铁路大罢工的汽笛中

宣示着反抗压迫的呐喊

中国工人阶级登上历史舞台

朝气蓬勃革命向前

百年党旗红

镰刀锤头下你们是栋梁

八一军旗展

革命军中有你们冲锋陷阵

五星红旗飘

你们是新中国的开路先锋

葵花朵朵向太阳

晴天一顶星星亮

荒原一片篝火红

宁可少活二十年

拼命也要拿下大油田

高炉前铁水奔腾

钢花飞溅出彩虹映天

钢铁工人多自豪

二郎山，高万丈

康藏交通被它挡

解放军是铁打的汉

把幸福的天路修到西藏

一片片希望的田野

一座座崛起的城市

一辆辆飞驰的汽车

一条条腾空的巨龙

一份份喜庆的捷报

一张张幸福的笑脸

春风吹绿了神州大地

站起来　富起来　强起来

走向复兴走进新时代

在新长征的队伍里又见你

挂满了汗珠的脸

你们是顶天立地的人

践行着为真理而行的诺言

红日升东方神州闪霞光

伟大的祖国英雄的人民

成大业　创奇迹　向辉煌

赞美你

平凡而伟大的光辉历程

歌颂你

五月一日我崇敬的怀想

2022 年 4 月写于北京

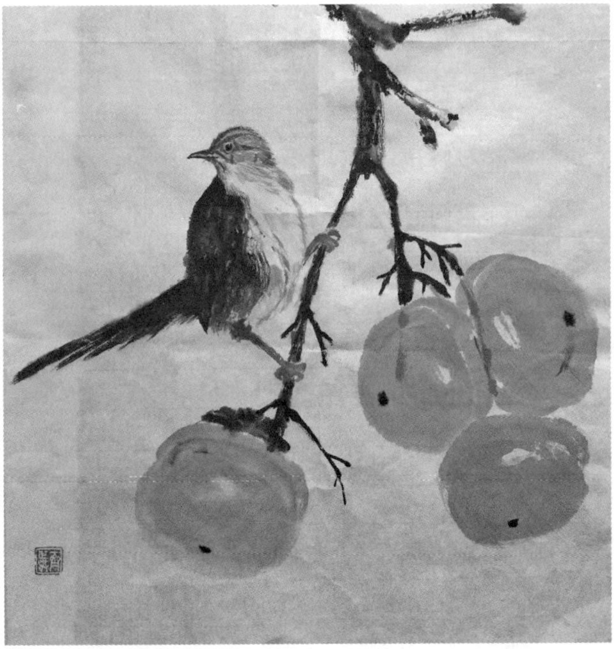

风 雨

风吹云动

掀起了岁月的涟漪

雨落倾城

为疲倦的大地沐浴

老树年轮里刻满了风雨故事

脸上皱纹里留下了风雨印迹

追随着风飞上高天

不知道魂归在何处

伴随着雨融入田野

扎根在深情的土地

人生路远

如一场又一场风雨

春夏秋冬

经受着风雨的洗礼

春风化雨孕育出万紫千红

风雨人生演绎出无常结局

无情岁月催人老

有情人生暖心里

春风拂面夏雨洗涤

霜染枫丹冬雪万里

一阵雨儿落　一阵风儿起

一片雪花飞　一诺千万里

风雨有人生　因果有天理

一个在天上　一个在地里

摘一轮玉盘圆心路

采一枚金乌春光里

2022 年 4 月中旬于北京

致大海

碧海青天白浪涛天

历史悲欢　沧海桑田

我凝望着你的凝望

怀想着你的怀想

一颗想你爱你的心

紧紧追随着你

惊涛拍岸激起千堆雪

大浪淘沙驶得万里船

大海

我的思念我的朋友

我挚爱的故乡

我来了

我多想多想

多想拥进你的怀里

头枕着波涛轻轻地摇

去马里亚纳海沟寻幽

去南沙西沙曾母暗沙探访

……

大海

我敬佩你的胸怀宽广

你有海纳百川的气度

你有不拒细流的雅量

你有统帅天下之水的才能

你有排山倒海的力量

是你大公无私的奉献

养育了万物生长

是你用身体连接起天下

让世界变成山水相连的村庄

大海

我佩服你的历史担当

清晨

你托起红彤彤的太阳

傍晚

你捧出水淋淋的月亮

你为郑和下西洋保驾护航

你为郑成功收复台湾欢呼歌唱

你为林则徐虎门销烟东风浩荡

你为正义掀起了滔天巨浪

大海

我感谢你记录了历史的景象

一朵浪花

淹没了多少王朝的背影

一股清流

记录下千秋万代的兴亡

海明威的哲学

普希金的思想

高尔基的海燕

海权论的幻想

马江海战之痛

甲午海战之殇

涛声阵阵如泣如诉

那是列强们的饕餮大餐

弱小国家的屈辱悲伤

君不见

黄河之水天上来

奔流到海不复回

春江潮水连海平

海上明月共潮生

中华千秋史天涯共此时

我看见了

海中露出桅杆尖头的航船

我看见了

大雨落幽燕白浪涛天

往事越千年换了人间

我站在高山之巅

凝望着大海的凝望

一轮红日映红了海面

百舸争流千帆竞放

落日辉煌渔舟唱晚

鹰击长空航母凯旋

这是我们祖国的大海

神圣不可侵犯

我听到了你的心声

骄傲自豪激情澎湃

祝福你大海

在祖国的怀抱

海阔天空美好安澜

2022.6. 写于北戴河

2023.3. 修改于北京

火 种

迎接中国共产党第二十次全国代表大会召开

公元二零二二年十月

正是北京金色的秋天

在这丰收的季节

万众瞩目一个丰收的盛会

那是中国共产党人

百年风雨兼程的求索

那是走进新时代

实现中华民族伟大复兴的举措

中国共产党第二十次全国代表大会

党的骄傲　人民的期盼

伟大的中国共产党啊

我想对你说

党啊，你是火种

你的崇高理想融化了千里冰封

你的心和人民一起跳动

要把豺狼虎豹消灭干净

让火红的太阳照遍全球

你高歌着国际歌的旋律

你回荡着阿芙乐尔的炮声

你寄托着陈独秀的浪漫蓝图

你激扬着李大钊的青春中国

你成长着毛泽东思想

你践行着共产党人的使命

这火种

在白色恐怖下

燃起了消灭旧世界的燎原烈火

在秋收起义南昌起义的号角里

在安源路矿、京汉铁路大罢工

在井冈山、太行山、大别山、梅岭

在洞庭湖、鄱阳湖、白洋淀

在白山黑水夜幕下的哈尔滨

在天涯海角的五指山万泉河

燎原烈火消灭了一切害人虫

凤凰涅槃浴火出一个新生命

中华人民共和国

我们古老国度的新生

如冉冉升起的太阳

巍然屹立在世界的东方

伟大事业必然有伟大思想

中国共产党人

把马列主义与中国实际结合

让真理与真理握手

诞生了伟大的毛泽东思想

把崇高理想付诸行动

是无数革命先烈流血牺牲

才有了新中国的花好月圆

一寸山河一寸血

伟大中国共产党人的

昨天　今天　明天

一百年了

从党的一大到二十大

八七会议　遵义会议

七大、七届二中全会

八大、十一届三中全会

一次次生死攸关的转折时刻

一个个走向辉煌的英明决断

一代又一代中国共产党人

百年征程波澜壮阔

百年初心历久弥坚

旗帜已经展开

方向已经明确

道路就在脚下

伟大的党啊

我们永远跟你走

为了中华民族伟大复兴

为了共产党人崇高理想

向前，向前，向前

2022 年 6 月 21 日于北京

遥远的思念

思念是苦是甜

为什么

思念的人

总是那么遥远

如天上的白云连着天边

眼望着飘飘远去

不知道何时才能再相见

分别是思念的伙伴

每一次告别

相思如火焰一样弥漫

泪水涟涟

涌进燃烧的心间

越浇越旺

思念之火不害怕遥远

相思的人

要在心火中凤凰涅槃

飘浮的云啊

你在什么地方

可知道你是相思的人

日升日落的牵挂

朝朝暮暮的思念

是谁

在长夜里举杯邀月

在愁绪中魂游九天

念你大漠升起的孤烟

想你月夜遥远的天边

天边，天边

思念人的期盼

太阳与月亮把酒言欢

白云把蓝天藏在心间

落霞染红了天边

绿草如茵　天籁如幻

心里的一束阳光

就在那白云悠悠的帐篷里

日思夜想孤灯难眠

2022 年 6 月

初 见

白云悠悠

带走了多情的蓝天

春风化雨

撩拨起渴望的心弦

初见

总是在不期的瞬间

前路迢迢谁与共

命运蹉跎有情天

初见是谜一样的梦幻

一次次初见

一次次气象万千

可能是转瞬即逝

也可能是天长地久到永远

可能是痛苦的开始

也可能是幸福源头比蜜甜

昨天的初见玄机无限

周瑜遇见诸葛亮草船借箭

黛玉遇见贾宝玉命里缺缘

伯牙遇见钟子期高山流水

山伯遇见祝英台化蝶飞天

太阳遇见月亮有了昼夜

稻谷遇见大地有了果实

江河遇见江河有了海洋

山峰遇见山峰有了峰峦

路迢迢　雨蒙蒙

情深深　意漫漫

欲望的烈火催动心帆

一叶扁舟悄悄驶离了港湾

忘记了狂风巨浪多艰险

只为了心中的彼岸

不怕千难万险

风雨同舟心心相伴

向前，向前

莫问前程

心里的定盘就是生命远方

明天的呼唤

2022 年 7 月 9 日　北京

命 运

一个难舍的人走了

不言不响无声无息

他的离去惊醒了我

到哪里去寻找命运的轨迹

在失望中调整呼吸

凡人　名人　超人　伟人

男人　女人　爱人　亲人

无论何人

没有舍得舍不得

没有应该不应该

没有痛苦不痛苦

没有愿意不愿意

神龟虽寿犹有尽时

腾蛟起凤终有归期

生命之树长青

花开花落随季

福兮，祸所伏

祸兮，福所倚

人生的追求

在定律里游戏

命运在江河中游历

是他　是我　是你

有人出生在平民百姓之家

有人降临在王公贵族府第

有人命运在繁华似锦都市

有人无奈在贫瘠落后土地

命运中有他　命运中无你

一切都没有选择的余地

这就是命运的逻辑

人生在不平等中开始

人生在不平等中寻觅

人生难道就是要打破命运

人生难道就是要选择命运

命运人生

人生命运

不是在命运中虚度人生

就是在挑战命运中崛起

多少人为了打破命运前赴后继

多少人安享命运安排不思进取

多少人在命运规律中逆来顺受

多少人在奋斗一生为自由真理

贫，气节在；达，志不移

让真理拥抱规律

在规律中邂逅自己

"一年一度秋风劲，不似春光。

胜似春光，廖廓江天万里霜。"

2022 年 7 月 8 日于北京

人 生

何谓人生

日升日落　月圆月缺

柴米油盐　喜怒哀乐

有人虽然活着　却如同雨随风过

有人虽然逝去　却依然光耀山河

雨打芭蕉　夜来风雨

道是无愁又有愁

万家灯火　岁月静好

正是人生温暖时

人生在时光里放逐

哪里是壮丽人生的奋斗之路

何处觅坐享其成的安逸天地

我看见了诗意人生

如春蚕吐丝破茧化蝶般壮丽

吃的是桑叶吐出的是丝缕

织出锦绣披大地

织出朝阳映彩虹

织出明月故乡情

织出飞雪迎春曲

我看见了风雨人生

演绎出光怪陆离人生悲喜

多少正人君子变厉鬼

多少情色狐妖是节妇

多少人追名逐利走上天涯路

多少人痴迷钱权踏上不归途

是谁在奔腾的长江　中流击水

是谁在浩瀚的太空　勇敢飞翔

是谁扎根神州大地开花结果

是谁登顶珠穆朗玛纵情放歌

是我　是你　是他

人生神秘　人生无奇

人生平凡　人生绮丽

我们走在人生大路上

一路美丽的风景

是我们人生的足迹

2022 年 8 月北戴河

我爱这绿色的军装

每当八一建军节来临

我总会取出珍藏的军装

凝望着红色的帽徽和领章

依然像过去一样热血沸腾

致以崇高的军礼

心随军旗猎猎飘扬

我是一个兵

我爱这个绿色的军装

虽然没有赶上战火纷飞岁月

军魂在我心中激荡

那是 1927 年南昌起义

刺破旧世界的枪声

武装斗争之路

在八百里井冈星火燎原

三湾改编建军规

四渡赤水敌仓惶

长征万里世无双

遵义会议指方向

难忘国难当头

中华民族到了最危险的时候

延安灯火亮抗日打先锋

推翻三座山神州沐春光

抗美援朝立国之战

打败美帝野心狼

建设祖国是开路先锋

祖国的需要就是我们的战场

在风雪弥漫的北大荒屯垦戍边

在山高万丈的二郎山开辟希望

在荒无人烟的戈壁滩放飞梦想

在灯红酒绿的南京路坚守理想

中国共产党领导的解放军

光荣传统代代相传

中流砥柱钢铁长城

人民的子弟兵祖国的荣光

我是一个兵

我爱这绿色的军装

我爱军旗鲜艳无比的鲜红

我爱军歌奏凯嘹亮

革命自有后来人

我是一个兵

我骄傲

我爱这绿色的军装

2022 年 8 月 1 日于北京

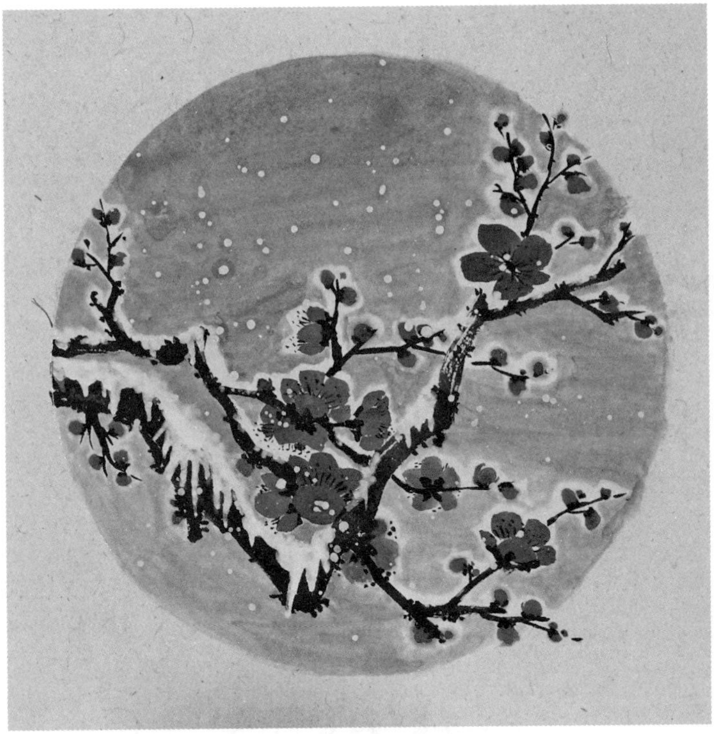

流　年

这轰轰烈烈一世的爱恋
是分分秒秒一生的思念
难道你就这样悄悄地走远
怎能忘记人生的眷恋
我一直想为你写一首诗
把一世的美好都写到里面

这是日月星辰的人间
你像一条欢乐的小河
从高山上流进我的心田
你像一片高天的流云
悄无声息飘离我的心间
当我寻着心路把你召唤
才蓦然发现
我的心已经随你走远

这注定是一场无悔的远行
一路上千山万水酷暑奇寒
路漫漫其修远兮
情切切其苦亦甜

一缕春风暖　一朵夏花艳

一抹秋色美　一片雪花灿

这深情的歌咏

是流年缱绻着人生的灿烂

似水流年难再见

难忘流年在心间

这人生不期而遇的约定

带着我们走了很远很远

一枝一叶　一草一木

是我爱你

至纯　至真　至善　至恒

有情的流年

月落乌啼　彩霞满天

春夏秋冬　袅袅炊烟

一天又一天　谈笑凯歌还

生命的烛光

点亮了流金岁月的灯火

一盏　两盏　三盏

灿若天上的繁星点点

我人生的流年

2022 年 8 月 10 日于北戴河

秋　心

霜染漫山妍

花情醉若牵

庙堂承玉露

山野有神仙

喜爱耕田浪

农家袅炊烟

登高秋色美

心绪染红天

秋霜把漫山遍野妆扮得如诗如画

万山红遍，层林尽染

这壮丽的景色让我如醉如痴

心随秋去，万千气象

富贵人家的日子得天独厚

平民百姓的生活平淡自然

饱含农家汗水的希望田野

夕阳下升起的炊烟，让我向往

我攀登上高山之巅

遥望万家灯火

如满天彩霞普照人间

这是我心中大美的秋色！

2022 年 8 月 29 日于北戴河

心 动

——志愿军英灵归国有感

山河锦绣　英雄归来

此时此刻我哭了

都说男儿有泪不轻弹

止不住的泪水从心底流出

无休无止情思如海

青天也哭了

泪水洒满了神州大地

流进每一个中华儿女的心里

这不是眼泪

我们以祖国亲人的名义

这是父母思儿的心声

这是人民爱你的英雄序曲

这是家乡故土想你恋你

这是流金岁月念你的呢喃细语

接英雄回家

那是我们一生的心意

运 20 专机在歼 20 战机护卫下

缓缓降落在祖国的大地

群山肃立　江河止步

神州瞩目万众同绪

凝望着

专机通过崇高的水门

祖国以最高礼仪迎接你们

英雄归故里

我不知道你们的名字

也许是黄继光、邱少云、罗盛教

也许是永远矗立在我心里的

英雄冰雕连

也许是第一个志愿军战士

开国领袖的儿子——

毛岸英

我仿佛看到了你们一张张

年轻威武英俊帅气的脸

永远在我的心里

七十年了

你们为了新中国的安宁

把青春热血洒在异国的土地

七十年了

痛归途之遥远

殇异国之无眠

七十年了

祖国和人民从来没有忘记

接你们回家

安故境于桑梓

圆同胞之期盼

红日升东方

山河已无恙

英烈应笑慰

忠魂归故乡

我感怀这幸福的时刻

让泪水化做奔腾的黄河长江

祖国，我伟大的母亲

我要用生命

永远永远

守卫在你的身旁

2022 年 9 月 16 日于北京

光辉的里程碑

喜迎中国共产党二十大胜利召开

你是宣言

宣告着中国共产党崇高的使命

你是旗帜

指引着中国人民前进的路程

你是春风

唤醒了沉睡的大地万物葱茏

你是丰碑

铭刻着你对人民的无限忠诚

1921 年 7 月

上海望志路石库门一栋房子里

响起了国际歌声

这歌声

如刺破漫漫长夜的闪电

似融化千里冰封的篝火

唤醒被压迫人民渴望的心

驱散乌云走向光明

这是历史的选择

伟大的中国共产党

你是带来光明的大救星

1922 年 7 月在上海

1923 年 6 月在广州

1925 年 1 月在上海

1927 年 4 月在武汉

1928 年 6 月在莫斯科

1945 年 4 月在延安

从党的"一大"到"七大"

唤起工农千百万　同心干

推翻了三座大山建立了新中国

"十八"大的春风吹拂着理想

"十九"大的壮志在心里澎湃

"二十"大的宏图激荡在胸膛

春风吹绿了神州大地

国强民富全部脱贫奔小康

中华民族伟大复兴在路上

百年长征路

是共产党人百年拼搏的行动

二十次风云际会

是共产党人崇高理想的丰碑

走进新时代　诗歌在前方

伟大的党啊

我们的心和你一起跳动

我们的意志更加坚强

永远跟你走

为实现中华民族伟大复兴

向前　向前　向前

2022 年 9 月于北京

重阳感怀

岁岁重阳　今又重阳

战地黄花分外香

代代重阳　今又重阳

神州处处好风光

天高云淡风月清

丹桂飘香郁金黄

重阳节到了

浸透着中华五千年文明

饱含着诗的韵味菊的清香

去祭拜祖先

登高远望白发人聊发少年狂

登上高高的山岗

看万木萧萧菊花黄

似水流年

流走的是光阴　留下的是灵魂

祖先的图腾在熠熠发光

一撇写中华　一捺是炎黄

流金岁月金色的池塘

我看见了

秦时明月汉时关

万里长征人未还

梦回大唐盛世荣耀

最难忘昭陵六骏战犹酣

岳飞精忠报国

壮士渴饮匈奴血

辛弃疾投笔从戎

醉里挑灯看剑

我看见了我听见了

灾难深重长夜难明的祖国

终于迎来了希望的曙光

东方红太阳升

那是黄浦江畔的国际歌声

那是秋收起义燃烧的火种

那是南昌起义激越的枪声

那是井冈山上红旗飘飘

那是雪山草地上奇迹

那是大刀霍霍杀倭寇

那是钟山风雨起苍黄

那是打败美帝野心狼

……

一寸山河一寸血

哪里有什么岁月静好

那是无数的革命先驱流血牺牲

才有了今天的花好月圆

我想采撷满山的黄菊

我想摘下满天的星星

结成美丽的花环

献给祖先致敬英雄

青松不老论风景

中华代代出英雄

重阳登高黄昏颂

满目山河夕照明

2022 年 9 月为参加总台重阳诗会而作

让历史告诉未来

——喜庆中国共产党第二十次全国代表大会胜利召开

我在波澜壮阔的史书里寻找着

寻找着照亮心灵的光芒

千古江山　英雄无觅

激情岁月　史家绝唱

让历史告诉未来

天地之律　日出东方

大江东去浩浩荡荡

淹没了多少王朝的背影

日出东方霞光万道

迎来了多少灿烂的黎明

秦皇汉武一统天下

唐宗宋祖治国安邦

腐败清朝山河破碎

百年屈辱民不聊生

沧海横流方显英雄本色

数风流人物　还看今朝

历史选择了中国共产党

我看见了

党的创始人李大钊

大义凛然赴刑场面不改色

东北抗日联军杨靖宇将军

靠草根树皮充饥战死疆场

江姐的十根手指钉满竹签

依然意志如钢视死如归

杨开慧面对威逼利诱严刑拷打

宁死不屈年轻生命血洒潇湘

我看见了

革命火种用生命之光照天明

井冈山上红旗飘飘信念如钢

血沃山河抗日英雄百战多

南征北战　　钟山风雨起苍黄

抗美援朝　　打败美国野心狼

无数共产党人

为了理想　信念　民族和人民

把一切都献给了这片土地

英雄生命开鲜花

勇士辉煌化彩虹

新中国

从山河破碎百废待兴

到改天换地蒸蒸日上

从一穷二白民不聊生

到"两弹一星"国泰民安

从割地赔款濒临灭亡

到繁荣富强大国崛起

中国共产党创造了历史奇迹

千秋历史大江东去

历史带走了逝水流年

天地之律日出东方

历史铭刻着壮丽诗篇

历史见证了中国共产党

面对世界百年未有之大变局

我们党的二十次代表大会

再一次把胜利写进历史华章

经历了黑暗才知道光明宝贵

渡过了惊涛骇浪才知舵手伟大

党啊

我为你骄傲　为你自豪

永远跟你走

让历史告诉未来

中华民族伟大复兴的时刻

一定会来到

前进　前进　向前进

2022 年 10 月于北京

心中的歌

——庆祝中国共产党第二十次全国代表大会胜利召开

有人说

你是温暖的春风

引来春回大地百花齐放

唤醒了东方沉睡的巨龙

横空出世傲立于世界民族之林

有人说

你是东方冉冉升起的太阳

驱散笼罩在人民头上的乌云

让灿烂的阳光普照神州大地

温暖在每一个人的身上

有人说

你是慈祥无私的母亲

用你的身体为孩子遮风挡雨

用你那甘甜的乳汁

抚育中华儿女成长

有人说

你是我们美好的家园

五十六个民族兄弟姐妹

像石榴籽一样紧紧抱在一起

风雨同舟共度时光

这是公元 2022 年 10 月

北京金色的秋天

在这个金风送爽瓜果飘香

充满了丰收喜悦的幸福季节

我们终于迎来了

春风　阳光　家国　母亲

党的"二十大"盛会

胜利召开的时刻

今天的北京

今天的中国

蓝天如洗　白云朵朵

风展红旗如画

十里长街汇成了一条流蜜的河

人们一张张的笑脸上

洋溢着

坚定　豪迈　自信　骄傲和力量

走进新时代的歌

党啊

你面对世界百年未有之大变局

再一次高屋建瓴　审时度势

指点江山励精图治

把千秋功绩铭刻在人民心里

青山常在绿水长流岁月如歌

党啊

我为你骄傲　为你自豪

纵然用

九百六十万平方公里大地为纸

奔腾万里的长江黄河水研墨

用巍巍八百里井冈翠竹作笔

请三山五岳五湖四海伴歌

也写不完对你的热爱

唱不尽对你的赞歌

永远跟你走

去迎接中华民族伟大复兴的

第一缕曙光

忠心祝福你

永远年轻　朝气蓬勃

2022 年 10 月 16 日凌晨于北京

江　山

——学习习近平总书记在中国共产党
第二十次代表大会上的报告有感

金秋十月

一个铿锵有力的声音

在天地之间激荡

似大海的波涛激情澎湃

如冲锋的号角激越昂扬

似秋日的暖阳温暖了身上

如大美的秋色陶醉了心房

"江山就是人民　人民就是江山"

大美秋天里的真理之光

雄伟壮丽的人民大会堂

这里寄托着人民的期望

这里聚焦着世界的目光

走过百年历程的中国共产党

如何仍然风华正茂

踏上复兴之路的中国共产党

如何继续创造辉煌

面对世界百年未有之大变局

中国共产党人

再一次指点江山

"江山就是人民，人民就是江山"

这是人民大会堂里真理的光辉

是党的第二十次全国代表大会

交给历史的华章

人民至上

打天下　求解放

坐江山　谋富强

一切为了人民

是中国共产党人的初心

为了这崇高的理想

多少人默默无闻奉献一生

多少人在烈火中凤凰涅槃

多少人舍生忘死一路芳华

多少人化作了祖国的山河

让岁月见证让历史评说

上下五千年历览八百朝

何曾见

这样的天　这样的地

这样的人　这样的党

江山无限凭史意

欲破巨浪乘东风

大江东去

淹没了多少王朝的迷梦

沉舟侧畔

共产党人扬起了光明的风帆

大浪淘沙

"普天之下莫非王土"今何在

惊涛拍岸

"江山就是人民"耀中华

红日出东方神州满霞光

辉煌照四海幸福暖万疆

江山如此多娇

伟大的党啊

"江山就是人民"

是你心系人民的至真至爱至深

我何其幸生在你的怀抱

无限幸福无尚荣光

永远跟你走

青山常在 绿水长流

向着中华民族伟大复兴的未来

昂首阔步奔向前方

2022 年 10 月 22 日于北京

心　航

迷人的落霞

唤回了远飞的孤鹜

悠远的渔歌

点燃了回家的渴望

近看鱼儿满舱

远望落日辉煌

为什么

一颗心还在路上

在路上

那是一生流金岁月的时光

留下了太多的遗憾和梦想

一条扬帆的青春之舟

还在心海里奔腾激荡

那是不老的心光

眷恋着消失在浪花里的情殇

渴望着广阔无垠大海的远方

远方

有情的思念爱的衷肠

有不再遗憾不再失望

我想再借五百年

为了扬起风帆的青春之舟

再一次乘风破浪

无悔的青春

有情的远航

驶向那落日辉煌的远方

2022 年 10 月 29 日　北京

屏中的世界

滩涂路上话贪图

迷茫屏里叹迷茫

往日在屏里飞舞的手指

今天为什么像丢了魂一样

久久地在屏幕上彳亍彷徨

航船失去了方向

在烟波浩渺的屏水上迷茫

一次次地搜索探访

一次次地无言失望

这里没有了往日的欢乐

不再是过去的天堂

仿佛从天堂跌到地上

地茫茫　路茫茫

盼望着风雪夜归人

点燃炉中火伴我去远航

屏中世界的月亮

你在哪里躲藏

为什么你有万千气象

智慧如浩瀚宇宙

神秘似无边海洋

风光着风光人的风光

惆怅着惆怅人的惆怅

真真假假假假真真

这里可是大展宏图的乐园

这里可是没有国界的天堂

爱你不需要理由

恨你不需要商量

迷你如望梅止渴

痴你似老酒陈酿

谁是那风流倜傥的公子

谁是那风华绝代的娇娘

谁是那呼风唤雨的力量

谁是那黄粱一梦的幻想

这屏里的爱恨痴迷

愁断了多少人的情肠

成就了多少人的梦想

是谁激扬文字抒豪情

是谁一展歌喉醉四方

是谁给你插上了翅膀

千里冰封

高山之上有壮丽的雪莲开放

一笔耀中华

一吟碧玉妆

带着雪花飘飘的梦想

带着冰清玉洁的芬芳

任雪花飘落在身上脸上唇上

呼唤春天徜徉春光

2022 年 11 月于幽燕堂

诗歌情

——为华人诗社成立三周年庆典晚会而作

今天是你的生日

我的诗社

诗海心韵最美的赞歌

在这喜庆的时刻

没有美酒佳肴尘世浮华

只有我真诚的祝福

流金岁月难忘的歌

也许现在的你

是激情澎湃大海里的浪花一朵

也许现在的你

是万紫千红花坛里的小草一棵

也许现在的你

是中华五千年文脉里的一撇

也许现在的你

是全民壮阔史记中的一捺

也许已经是昨日黄花

自古英雄出少年

长江后浪推前浪

你用行动标注了灿烂年华

六十场全民线上晚会

五十位原创作者专场朗诵会

四十六部作品全民大合诵

十二部精彩广播剧

第一个在线上举办抗疫朗诵会

第一个为海外作家举办专场朗诵会

第一个创办双语朗诵晚会

一个又一个的第一名

犹如一颗颗晶莹剔透的珍珠

不

那是热爱诗歌人的汗水在闪烁

你从远古走来

继承着时代的衣钵

你向未来奔去

高唱着新时代的赞歌

你驾驶着驶向新时代的列车

跨过下里巴人的阡陌

驶入阳春白雪的山河

开辟新的世界

孕育壮丽景色

华人诗社

携三山五岳　五湖四海

为你唱一首赞歌

凯歌高奏　大道永恒海纳百川

山不在高　有仙则名

水不在深　有龙则灵

青山常在绿水长流

我心中那浩瀚的海，那蔚蓝的天

岁月如歌

2022.11.16.北京

飞 翔

我多想多想

像鸟儿一样自由飞翔

那是蓝天白云的家乡

蓝天荡漾着碧波

白云舞动着霓裳

南飞的大雁唱着思念的歌

洁白的天鹅成双成对振翅高翔

可惜我没有翅膀

前行的路崎岖又漫长

有千山万水要跋涉

有狂风暴雨要抵挡

有风情万种要抛弃

有难舍情深要放下

一切都不能阻挡

飞翔，我要飞翔

一颗心

被什么牢牢地吸引

那不是痴心妄想

修得高怀才有品格的力量

把美好留给世界

把笑容留给黎明

把思念留给夜晚

把真情留给月亮

多么轻松　愉快　舒畅

我有了战胜一切的力量

飞翔，我要自由飞翔

我翱翔在高天之上

一览众山小光明在前方

是什么在激荡

激荡在心中渴望已久的海洋

是心中的理想

梦中的日月

心上的爱人

诗歌的远方

命运就在自己的手上

不要迷失了方向

飞翔，我要飞翔

向着心中的远方

东方喷薄欲出的一轮朝阳

2022 年 4 月于北京

心　月

美丽的月亮迷人的月光

我把你捧在手心放在心上

你从哪里来

为什么

没有云彩也没有星光

是你的皎洁淹没了天际的夜色

还是心有所思

去了对酒当歌月落乌啼的远方

看不够的月亮

看不透的月光

你走过多少年风雨岁月

经历过多少次悲欢情殇

为什么

依然光彩照人还是那么漂亮

冰清玉洁亭亭玉立

明眸皓齿情系万疆

过去的你可是今天的模样

真情徜徉在流年时光

多少英雄豪杰为你痴迷疯狂

多少才子佳人为你泣血华章

多少芸芸众生为你天天祈祷

多少凡夫俗子为你愁断肝肠

你是诗人心灵的故里

天下有情人的梦里水乡

河水澹澹流过青春的波浪

海上升明月千里寄相思

没有你

哪有普天之下千古绝唱

没有你

哪有园缺之愁苦乐之伤

我心中的月亮

魂牵梦绕的时光

无尽的思绪山高水长

2022. 12. 21. 北京

岁末随想

三年了

一个毒魔成为了我们的噩梦

三年了

我们勇敢抗疫百折不挠

三年了

在这 2022 年的岁末

眼见着亲人亲戚朋友同事

一个个倒下

不由想起排长队核酸的情景

一年　两年　三年

毒魔像一条邪恶的豺狼

在地球上肆虐

凶狠残忍荼毒生灵

人类何去何从

大国强国枉自多

骄子无奈小虫何

豺狼窜到中国土地上

气势汹汹是吓不倒我们的

我们有勇敢无畏的猎手

我们有万众一心的力量

豺狼来了　迎接它的有猎枪

每一个城市的每一条街道

每一个单位的每一个岗位

每一个宿舍的每一个门口

每一个村镇的每一个角落

每一个家庭的每一个人

从忘我工作的"大白"

到坚守岗位的"大妈"

从白发苍苍的老人

到咿呀学语的孩子

在每一个中国人的脸上

都能感觉到

中国式的强大力量

三年　整整三年

我们的国家和猎手们

殚精竭虑夜以继日

守护着人民的安宁

在世界人口最多的大国

创造了发病死亡率最低的成绩

谁能说这不是历史的奇迹

不难想象

如果没有这三年的努力

哪有今天的景象

豺狼横行哪有什么岁月静好

那是我们的党　我们的国

还有无数的猎手们

在为我们舍生忘死砥砺前行

经历过风雨洗礼

才知道什么是幸福温暖

经历过漫漫长夜

才知道什么是光明大道

与世界同行

我们并不落后我们前途光明

战争的伟力就存在于人民之中

有人民支持就是胜利的保证

我鄙视那些

道貌岸然无所作为

说三道四专挑毛病的人

请问你为我们祖国做了些什么

我声讨那些

丧尽天良机关算尽

没有道德底线发国难财的人

天理昭昭罪责难逃

不是不报　时间未到

国是我们的国

家是我们的家

没有我们的国那有我们的家

我们伟大的国我们可爱的家

团结起来到明天

把一切豺狼消灭干净

祝福我们伟大的祖国

青山绿水风清气爽

国泰民安岁月静好

2022. 12. 17

2022，我们走过

神秘的人生之谜

在风雨流年中闪过

相同的日月不同的颜色

一撇在死水微澜中腐烂

一捺在激情澎湃中壮阔

2022 年，我们走过

这一年

我们经受了风雨的洗礼

我们面临着毒魔的压迫

我们是冲锋陷阵的战士

我们书写了人生的此刻

让历史做证让岁月评说

2022，人生流年

谁是光荣的中华儿女

一盏驱散阴霾不灭的灯火

2022，风雨流年

毒魔卷起滚滚寒流

搅得周天寒彻

毒魔是吓不倒中国的

就在千里冰封的百丈冰上

红梅怒放

她的美丽惊艳了冰雪世界

她的勇敢镇住了毒魔痴心妄想

高天寒流　方显英雄本色

英雄就是伟大的党

伟大的人民　我的祖国

这是铁打的事实历史的选择

是谁舍生忘死冲锋在前

是谁心系天下流血流汗

是谁用事实壮丽了千秋史记

是谁用行动谱写出生命赞歌

2022，风雨流年

英雄辈出

让我们为英雄高唱赞歌

他们，就是他们

是载起历史航船的水

是千里冰封炽热的火

是神州大地美丽的花

是祖国心中眷恋的人

似水流年眼前飞过

英雄风采铭刻在历史史册

人在做　天在看

是谁名垂青史与日月同辉

是谁遗臭万年与毒魔同祸

朗朗乾坤天理昭彰

岂容妖魔

春风杨柳万千条

六亿神州尽舜尧

驱散乌云消灭毒魔

风光无限锦绣山河

这里是我们幸福的家园

这里是我们伟大的祖国

2022，我们走过

2022. 12. 28. 北京

春之想

这是一首写不完的诗

日升日落心潮来往

把满天的繁星

化作了壮丽的诗行

纵横驰骋在梦中的原野

信马由缰

还我一个渴望的模样

这是一次放不下的想

久久凝望落日辉煌

似远行的新娘

化做了天边的彩虹

生命火焰伴我一路前行

云卷云舒

深深缱绻着无尽力量

这是一生无悔的约定

浩瀚诗海有波有浪

隔着屏相望

高山流水心驰神往

让诗歌的灵魂凌空飞翔

似水流年

我的心爱我的远方

我想举杯祝愿

我想纵情歌唱

我想和春天同行

我已泪湿衣衫

2023 年 1 月 6 日于北京

年之想

过年了

在这短信声声似爆竹

屏中温暖入心途的时候

更思念心上人

我们就要和难忘的一年惜别

逝水流年人生苦短

拿什么献给你

我的人生岁月　我的流年

举杯难忘

逝去的日子忘不了的流年

我们曾驰骋在浩瀚的穹谷

我们曾信步在高远的九天

我们曾全民皆兵大战毒魔

我们曾人人皆"羊"渡难关

苦与甜　悲与欢

漫漫人生路　层层阴晴天

把酒言欢

我们曾激情在知春亭迎接春天

我们曾憧憬在鹳鹊楼遥望明天

我们曾惆怅在滕王阁告别落霞

我们曾浪漫在黄鹤楼忘情呼唤

时节在春风里播种希望

光阴在夏雨里耕耘良田

人生在秋阳里收获成功

命运在雪花里走向明天

于是

荒芜的原野翠绿了

希望的心海宽阔了

人生的诗篇灿烂了

渴望的明天到来了

在太白世界里求索美好

在春夏秋冬里感知冷暖

在如歌的岁月里

我记住了

你春天般可爱的笑脸

岁岁年年流金岁月

是果实一定惠泽天下

是鲜花一定美丽人间

风雨人生里

让雪花与春雨握手播种希望

让夏阳与秋月同舞锦绣人间

在深情的神州大地上

含苞待放

我憧憬的新年

2023 年 1 月于北京

年的思念

那一串串火红火红的灯笼

燃烧着华夏民族年的思念

那喜洋洋如诗如画的笑容

缱绻着中华儿女年的眷恋

回家过年

千秋万代的传承

世世代代的信念

月是故乡明　水是桑梓甜

饭是家里香　梦在年中圆

迎着灿烂的朝霞

去耕耘无边的光阴

跟着美丽的天鹅

去激荡圣洁的流年

随着多情的鸿雁

去追求梦中的心念

与心爱的人相伴

去春光里耕耘　夏雨里洗涤

去秋风里采集　冬雪里憧憬

一世不离不分

一生风雨相伴

去拜访日月的光辉

去追寻遥远的天边

年的想　我的年

2023 年元月于北京

元夕的月亮

元夕到了

在这东风夜放花千树的时候

我徜徉在月光之下

坐地日行八万里

巡天遥看一千河

思念古人

众里寻他千百度之情思

感怀今天

一机在手知天下之美望

元夕之夜

我凝望着贞洁的月亮

浓浓月色柔柔月光

玉盘里装满了动人的故事

月光下生发出迷人的晚上

华夏民族的心在这里跳动

中华儿女的血脉在这里激荡

皎洁的月光

我想为你歌唱

你是千秋万代的大美之光

你是天下有情人心上的红娘

你是诗人心灵深处的灵感

你是中华文明的万丈光芒

大漠边关有你勇敢的身影

唐诗宋词有你隽秀的诗行

千里相思有你纯洁的模样

元夕之夜是你深情的渴望

凝望着元夕之夜的月亮

遥望着月光之下的大地

披上了梦幻般美丽的衣裳

美丽的月光

洒满繁华都市　　洒满村镇城乡

洒满高山大川江河湖海

洒满祖国的每一寸土地上

火树银花　　万家灯火

欢声笑语汇成欢乐的海洋

知性的月亮把灯点亮

温暖了心房

美丽的月亮　　纯洁的月亮

善良的月亮　　贞洁的月亮

元夕的月亮

有了你才有中华文化传承

有了你才有名垂千古的诗行

有了你才有流金岁月的夜晚

有了你才有灵魂皈依的故乡

元夕之夜月光之下

我心飞翔

感怀列祖列宗伟大的功德

感谢国泰民安幸福的时光

告别瑞虎迎来玉兔

送走冬日迎来春光

欢乐在新年第一个月圆之夜

在这幸福的时候

衷心祝福你亲爱的朋友们

人圆心圆家家圆

日圆月圆岁岁圆

圆圆满满幸福安康

2023 年 1 月 28 日　北京

春天来了

春眠不觉晓

这一夜的觉睡得好香啊

一帘幽梦十里柔情

雨打梨花醉了风景

春的问候扑面而来

太阳暖了

风柔了草绿了心动了

春天

像一个美丽可爱的小女孩

蹦蹦跳跳来到面前

赶走了

冷酷严寒冰封万里

我醉卧在一刻千金的春宵

只有心在跳动

肺在呼吸

思绪在梦中弥漫

走进春天

走进岁月

走进逝水流年

感谢春风

带我去沐浴明媚的阳光

感谢春雨

唤醒我去耕耘春色满园

感谢春情

给了我人生风雨的考验

一年之计在于春

感受到春天气息的人们

已经借着淡淡的月色

谱写着关于春天的诗

勤劳的先行者

是春天里最靓丽的风景

人勤春早

是春日的风采春光灿烂

温暖的春天

美好的春天

梦里的春天

神秘的春天

带来了万紫千红的希望

带走了落花流水的昨天

莫负春光

忘了青春误了青春

殇了远方等待的幸福泉

东方欲晓

在晨曦微露的黎明

我看见了

你闻鸡起舞的身影

还有你

春天般可爱的笑脸

春天来了

2023 年 2 月于北京

心中的你

刚认识你的时候

你是我梦中的一个场景

灿烂星空中的一颗星星

和你在一起

没有想到过未来

没有想到过曾经

那时我还年轻

的确年轻

青春的梦啊

也许

带你去发现新的大陆

也许

使你失掉人生最美的风景

再回首

再回首我已经不再年轻

青春芳华我们携手并肩

流金岁月我们风雨兼程

走过千山万水

登上座座高峰

太阳为我们欢呼

月亮伴我们同行

岁月染白了我的头发

你呼唤着我青春的生命

此时我想告诉你

亲爱的

你早已融入我的血脉

你是我的肋骨

你是我的神经

你是我的生命

似水流年岁月无情

我已经老去

你依然年轻

岁月邀我去度落日辉煌

时光请你继续新的长征

长江后浪推前浪

潮平两岸阔

一路是风景

再见了

难忘的曾经

那是我人生的远方

青春无悔

一生同行

2023 年 2 月 14 日　北京

一张照片

这是一张普通的照片

一间普通的办公室里

一群衣着朴素的人

构成了一幅朴实无华的画面

把光环照耀下的真实

定格在历史的瞬间

这是一个普通空间

和你们响亮名字相比

显得平凡甚至有点寒酸

这里是希望的田野

你们挥汗如雨耕耘春天

这里是起航的港湾

加满了油去广阔大海扬帆

这里是革命熔炉

你们和太阳一同升起

燃烧人生年华照亮黎明天边

这是一张难忘的照片

似水流年带走了记忆的名片

却丝毫不能影响我的视线

一个个熟悉的面孔

岁月带不走的流年

你们肩负着党和国家喉舌重担

是家喻户晓的国嘴国脸

你们的音容笑貌伴随着岁月

深深地铭刻在老百姓心间

驾鹤西去的罗京

谦虚地站在人群的后面

已经离开岗位的

邢质斌　李瑞英　张宏民

王宁　李修平

在银屏里陪伴我们多少年

站在最后排边上的李梓萌

现在已经是挑大梁的中坚

还有还有……

他们是中国电视的塔尖

人们看到的是耀眼的光环

光环之下的真实

是在平凡中创造出不平凡

昨天的栋梁已经卸任

昔日的小草是今天的秀干
那崇高的奖牌诠释着
伟大出自平凡

2023. 1. 北京

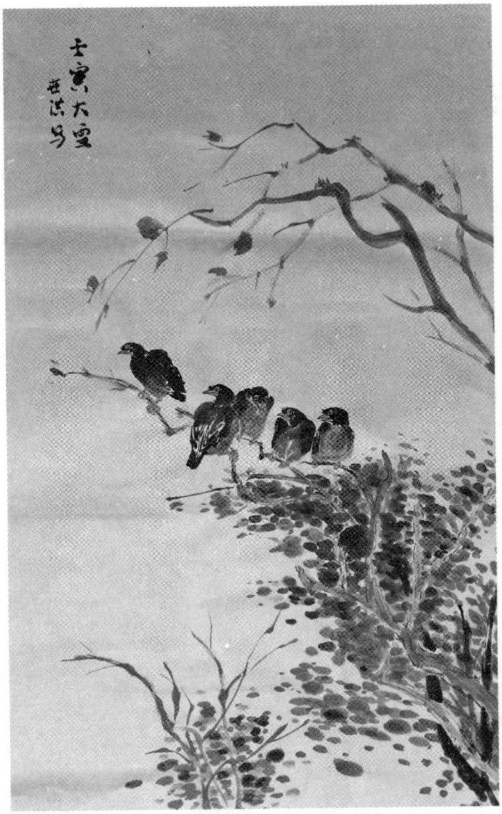

和气天真

这情深

如春花醉时

这爱浓

如夏阳神奇

人世间最难舍情爱之季

问苍天

春情为何来

问大地

爱情为何物

普天下最难解情爱之谜

这春深

如江南雨巷

这纯美

似北国飞雪

春夏秋冬走过覆水难收

问岁月

花为何人开

问芳华

花为何事落

逝水流年岁月如歌

悠悠岁月多么神秘

问尽苍天问尽大地

人生之谜不了的情

似水流年难解的意

悠悠岁月有我也有你

和气知天真纯洁知相趣

悠悠岁月是我也是你

和气得天真纯洁得相趣

2023.3. 佛香阁

心　缘

在这迷人的夜晚
你为什么，为什么
越走越远
消失在我的身边

在这落霞的时候
你为什么，为什么
款款深情
又重返我的心间

难道是你的光环
惊艳了我迷茫的眼
不，不是
我还没有那么肤浅

也许是
你初心不改的信念
壮丽的凤凰涅槃
眷顾着我的思念

一首心中的诗

一份不解的缘

北国风光千里冰封

一朵梅花绽放

那是最美的风景

我心中的缘

2023 年 4 月

元夕的灯谜

元夕的月亮为什么明

激情的爆竹为什么火

神秘的红灯为什么美

欢呼的人群为什么歌

猜谜　猜谜　猜谜

人生之谜千古之谜生时不知结局

知时已经错过

人生如流淌着岁月的河

岁月里是一首生命的歌

歌声中是人生求索的路

长路上是一道漫漫的坡

人活着为了什么

有人说

是命运安排人生过客

身不由己似水流过

有人说

生当作人杰　死亦为鬼雄

人生岂能做看客

有人说

人不为己　天诛地灭

人为财死　鸟为食亡

人间正道是钱权

有人说

心怀天下报效祖国

舍己为人天下为公

人间正道是沧桑

逝水流年

浪淘尽　千古风流人物

沧海桑田

南朝四百八十寺

多少楼台烟雨中

天地之间

太阳还是那个太阳

月亮还是那个月亮

谁失东隅之花

谁收桑榆之果

历史知流年

怅寥廓

问苍茫大地谁主沉浮

云飘飘　雨潇潇

路漫漫　雾茫茫

逝水流年带走了

爱恨情愁喜怒哀乐

也带走了

难舍难分难离的分秒生命

人生是何年

岁月如歌

走过的路是词

蹚过的河是曲

天地知良莠　山河知对错

莫等闲　迷了路　蹚错河

正义心　知善恶　任平生

2023. 1. 31. 北京

幸福时刻

我不知道

用什么语言表达此时的心情

我不知道

这幸福时刻是如此艰难历程

我想采一轮明月

为这幸福时刻编织美丽的花环

我想种一棵太阳

为这黎明时刻带来旭日的光明

在这非常时期

在这难忘的时刻

我们只能隔屏相庆

庆祝我们小天使的到来

庆祝又一位伟大母亲的诞生

庆祝我们的儿子当上父亲

庆祝我们自己开始了新历程

我为母子平安高兴

祝福妍妍为你骄傲点赞

你真的了不起

妈妈，平凡而伟大的女性

我为元元感到心慰

你做的很好

一定能担起历史使命

这是一个难眠之夜

无法用语言表达心情

2023 年 1 月 10 日凌晨三点

我们的小老虎

虎从天降　虎虎生威

龙腾虎跃如虎添翼

平平安安健健康康的日子

快快乐乐甜甜蜜蜜的一生

逝水流年

人生要走的路很长很长

走不完的路也许峰回路转

要干的事很多很多

干不完的事也许沧海桑田

蹉跎岁月苦乐时光

轻如鸿毛重如泰山

生命和财富做了交换

理想和付出把酒言欢

似水流年带走很多很多

春秋岁月自古英雄出少年

艰难困苦玉汝于成

骄奢淫逸虚度时光

天赐人生的本能是食色

智慧人生的根本是奉献

让爱心当先情满人生

神秘的肽液渔舟唱晚

时光　在分秒中走过

岁月　在日月间轮换

人生　在无视中消失

生命　在高山上呼唤

我们曾遨游在浩瀚的穷谷

我们曾驰骋在无际的荒原

我们曾徜徉在醉人的风花雪月

我们曾信步在雄浑的大漠孤烟

春雨

沐情意浓浓

流年

看万紫千红

人生

思魂归何处

林间

闻燕雀呢喃

肽液人生

你是神秘的使者

来自浩瀚宇宙的苍穹

你是生命的炫境

一条流蜜的河在心里奔腾

化腐朽为神奇

让肮脏的灵魂变得清明

万物之谜是神秘的宇宙

谜中之谜的是人的心灵

人之为人

是天地造化日月合成

只为了

太阳的光辉月亮的纯情

我为人人　人人为我

是使然是使命

肽液

一个从没有见过的精灵

心灵的拓荒者

日夜耕耘在心的荒漠

用心血浇灌人生

用生命蹉跎岁月

用正直善良培养沃土

用爱心行动化成春风

你的灵魂之光

创造出了伟大的奇迹

足以告慰天下人生

啊，肽液

无形的肽液有形的生命

神奇的肽液难解的人生

你无私奉献了自己的全部

却没有留下自己一丝音容

或许

你就是吹绿了原野的春风

或许

你就是人们脸上的笑容

也许

你只是一个美丽的传说

可能

你就是一个真实的生命——

依然活在人们心里的雷锋

肽液

我们永远见不到的身影

其实就在每个人的心中

等待着你去唤醒

心爱生肽液助人看行动

朋友

肽液是否在心里涌动

你是否已经准备好了

愿肽液给你动力

助人为乐快乐人生

2022 年 3 月 10 日于海南

2023 年 3 月修改

雪　花

下雪了

在这万木萧疏的寒冬

善良知性的雪花

带着春的韵味　花的清新

从遥远的高天飞来

用热吻温暖严寒里冰冷的心

用真情融化有情人相思的心

雪花

晶莹剔透是你的表象

金子般的心是爱的故乡

你心系着天下芸芸众生

年复一年如约而至

义无反顾扑进大地的怀抱

香消玉殒情感天下

盛开出壮丽无比的天地之花

雪花

你是日月星辰造化的精灵

凌霄宝殿上的仙女

为什么不留恋高天的风光

情系着平凡的土地

都说海誓山盟可歌可泣

怎比你天地之恋

至爱情深感天动地

雪花

我梦中纯洁的雪花

我心中忠贞的雪花

我爱中知性的雪花

我缘中相随的雪花

我是多么爱你

虽然你的色彩是那么单一

正是你的单一

让世界认识了你的美丽

我爱你的单一

单一　要有智慧　自信和勇气

纯洁的单一改地换天

忠贞的单一高翔比翼

雪花

刺骨的寒风又要刮起

我已经见不到你美丽的身躯

千里冰封之下

你已经和大地融为一体

用热的雪

融化千里冰封

化为洁白如玉的雪莲

又是一年

在这辞旧迎新的相思时节

让纯洁的雪莲花

带着我美好的祝福

飘进你的心海

年年岁岁

幸福永远

2022. 11. 30

诗韵黄河（一）

我一次次地

来到黄河的身旁

像儿女牵挂着父母

游子思念着家乡

到青藏高原追根溯源

看涓涓细流变成冲天巨浪

到壶口瀑布听涛观澜

看黄河之水铺天盖地

听惊涛拍岸九天震响

到九曲河套抚今追昔

看河水澹澹山高水长

我仰望浩瀚星空

倾听一千多年前诗仙的奇想

"君不见

黄河之水天上来"[1]

像一条金色的巨龙

从巴颜喀拉山奔腾东去

跨高原　跳龙门　跃盆地

"千里万里春草色"⁽²⁾

九曲黄河十八弯

诞生了一个伟大的民族

一条孕育生命的脐带

把炎黄子孙紧紧连在一起

我伫立在黄土高坡凝望

一条大河，万千气象

"谁谓河广？一苇杭之"⁽³⁾

"黄河九天上，人鬼瞰重关"⁽⁴⁾

"大漠孤烟直，长河落日圆"⁽⁵⁾

"积石导渊源，芸芸泻昆阆"⁽⁶⁾

"明月黄河夜，寒沙似战场"⁽⁷⁾

大河东逝水，万里是沧桑

这里是中华始祖耕耘的地方

上下五千年纵横九万里

第一部农书在黄河两岸诞生

第一部兵书经黄河之水洗礼

第一部史书在黄河大浪淘沙

第一部诗集在黄河奔腾激浪

天水清澈

孕育出灿若繁星的诸子百家

月涌大河

诞生了光辉灿烂的黄河文明

我站在高山之巅遥望

黄河东去浩浩荡荡

犹如千军万马不可阻挡

那是壮士投笔从戎

"醉里挑灯看剑"⁽⁸⁾

那是英雄精忠报国

"驾长车，踏破贺兰山阙"⁽⁹⁾

那是铮铮炎黄子孙

"留取丹心照汗青"⁽¹⁰⁾

那是优秀中华儿女

"苟利国家生死以"⁽¹¹⁾

中华千秋史　江河万古流

我静静地坐在黄河身旁

望大河奔流一往无前

波涛滚滚浪花朵朵

心潮澎湃激情逐浪

舀一瓢黄河水洗征尘

自豪三门峡宽广的胸怀

沐浴小浪底飞腾的彩虹

"春风杨柳万千条

六亿神州尽舜尧"⁽¹²⁾

飞流扬沙锁安澜

黄河东去泽万疆

"啊，朋友！

黄河以他英雄的气魄

出现在亚洲的原野

表现出我们民族精神

伟大而又坚强"⁽¹³⁾

赞美你，黄河

中华民族光荣的母亲

你的血脉

在炎黄子孙身体里流淌

歌颂你，黄河

一往无前的伟大力量

你的精神

是中华民族不屈的脊梁

你的英雄儿女

像你一样勇敢坚强

向着中华民族的伟大复兴

继往开来　奔向前方

"白日依山尽，黄河入海流

欲穷千里目，更上一层楼"⁽¹⁴⁾

2022 年 5 月于北京

注释：

（1）唐·李白。

（2）唐·王维。

（3）先秦·佚名。

（4）金·元好问。

（5）唐·王维。

（6）宋·梅尧臣。

（7）明·李流芳。

（8）南宋·辛弃疾。

（9）南宋·岳飞。

（10）南宋·文天祥。

（11）清·林则徐。

（12）毛泽东。

（13）光未然。

（14）唐·王之涣。

诗韵黄河（二）

我一次次，一次次地
来到黄河的身旁
就像儿女牵挂着父母
游子思念着家乡

到壶口瀑布听涛观澜
看"黄河之水天上来"
铺天盖地势不可挡
听惊涛拍岸声震九天
到九曲河套抚今追昔
看河水澹澹高山流水
听关关雎鸠情深意长

我站在高山之巅遥望
大河东去随心逐浪
听诗仙"黄河落天走东海
万里写入胸怀间"的感怀
感受王之涣"黄河远上白云间
一片孤城万仞山"的留恋

品刘禹锡"九曲黄河万里沙

浪涛风簸自天涯"的感叹

往事千年风云变幻

炎黄子孙的心不变

我来到黄河源

一条飞舞的金色巨龙

带着巴颜喀拉山的心愿

一江碧水润华夏

九曲花环秀山川

把炎黄的脐带

与子孙后代紧紧相连

我看见了

神农炎帝在这里播种未来

轩辕皇帝在这里游牧时光

千古一帝在这里一统天下

大汉威武　康乾盛世

泱泱大国　巍巍华夏

上下五千年纵横九万里

第一部农书在黄河里发育

第一部兵书在黄河里洗礼

第一部史书在黄河里洗濯

第一部诗集在黄河里丰满

黄河文明　抚育强盛中华

白浪堆雪　惠泽神州大地

天水清澈

淹没了多少王朝的背影

月涌大江

孕育圣人出世　星光灿烂

"白日依山尽黄河入海流

欲穷千里目更上一层楼"

黄河，可爱的母亲

我们的肤色继承着你的血脉

我们的勇敢联结着你的担当

你一往无前的精神

是炎黄儿女的铮铮傲骨

你情系大地的品格

是中华民族的崇高理想

黄河，伟大的母亲

你是中华民族的史记

你是炎黄儿女的榜样

你的英雄儿女

像你一样勇敢坚强

向着中华民族的伟大复兴

开创未来奔腾向前

2022 年 5 月于北京

神州浩然金玉声（一）

——忆人民广播电视事业

你是大地之心的声动

革命圣地培育的火种

一九四零年十二月横空出世

红色电波伴你遨游太空

你为真理插上翅膀

关山万里浩荡起东风

你是刺破黑夜的闪电

照亮神州大地的苍穹

你是惊天动地的春雷

风吹云动蔚蓝的天空

你那响遏行云的评论

是中国共产党的宣言

你那余音绕梁的话语

是中华民族文明继承

延安新华广播电台

陕北新华广播电台

北平新华广播电台

北京新华广播电台

中央人民广播电台

中国国际广播电台

中国中央电视台

中央广播电视总台

一个个闪闪发光的名字

一段段光辉闪耀的历程

你和太阳一同升起

传播真理带来光明

你是号角

鼓舞人心激情澎湃

你是桥梁

连接起条条道路通北京

你是纽带

继往开来万紫千红

鲲鹏展翅

水击千层浪风动万里行

海阔天空想

脚踏实地干

你有舍我其谁的气概

千树万树梨花开

大珠小珠落玉盘

你有诗情画意的情怀

意识形态的重镇

青山绿水百花盛开

伟哉

党和人民的喉舌

壮哉

昂首阔步新的伟大长征

大象可以跳街舞

南阳诸葛庐

西蜀子云亭

你的风采

陪伴在万家灯火平安夜

醉了满天星

2023 年 2 月于北京

神州浩然金玉声（二）

贺中央广播电视总台成立五周年华诞

你是大地之心的声动

革命圣地培育的火种

一九四零年十二月三十日

横空出世

你是刺破黑夜的闪电

照亮神州大地的苍穹

你是惊天动地的春雷

风吹云动蔚蓝的天空

你为真理插上了翅膀

神州大地浩荡舞东风

从延安到北京

跟着党中央

南征北战不辱使命

从三台到总台

跟着党中央

作新时代开路先锋

三大主流媒体完美融合

跟着党中央

锐意进取践行职责使命

你穿越高山、大海、极地

把中国的形象传遍全球

你架起座座连心的桥梁

条条大路通北京

你是展翅飞翔的鲲鹏

高怀见物理高瞻得光明

你是搏击风浪的巨轮

有乘风破浪的本领

你有阳春白雪的秀美

也有下里巴人的醇厚

你那响遏行云的美声

是中国共产党人的伟大理想

你那余音绕梁的佳音

是亿万人民爱党爱国的心声

你以领袖的高度为立台标准

有舍我其谁的气魄

钉钉子的精神

你以忠诚不辱使命不负众望

铸牢党的意识形态领域重镇

你有海阔天空的浪漫

你有脚踏实地的担当

迎来千树万树梨花开的美景

汇成大珠小珠落玉盘的旋律

逝水流年　岁月如歌

流年记录了你闪光的足迹

岁月述说着你的成就辉煌

短短五载

谋划整体战

打出组合拳

奏好交响曲

抢首发　敢亮剑　争独家

新风扑面　大事不断

欣欣向荣　喜事连连

亮点频频　成就满满

在每一个旭日东升的黎明

在每一个万家灯火的夜晚

在神州大地的海角天涯

在全世界的每一个角落

无论何时何地

我都离不开你

中央广播电视总台

我喜欢你的声音

喜欢你的话语

因为你来自我的祖国

我温暖的母语

中央广播电视总台

神州浩然金玉声

声声入寰宇

春风拂面来

放眼望

时代在召唤　未来自可期

2023 年 3 月 9 日于北京

母　亲

为什么每当想起您

眼角总是噙满了泪

满怀心事说不出话

心里如波涛起伏的大海

激情澎湃对您说

妈妈

亲爱的妈妈

我后悔

后悔责怪你

你为什么不在身边陪伴

你为什么不为我缝衣服

你为什么不为我包饺子

你为什么不陪我去玩耍

忠诚太阳告诉我

纯洁月亮告诉我

壮丽山河告诉我

逝水流年告诉我

妈妈是个好妈妈

帮助别人如同关心我一样
妈妈的大爱感动天下

孩儿已经长大
母亲的满头白发告诉我
母亲的满脸皱纹告诉我
母亲蹒跚的脚步告诉我
逝水流年的变化告诉我
妈妈
我的妈妈
是你用生命之光把我养大
你那一枚枚金光闪闪的奖章
是我光辉的榜样
你的恩情深似海
一生最美的妈妈

太阳是我对你炽热的爱
月亮是我想你的心里话
我懂得了你爱的大义
我知道了你对子女的牵挂
今天及时的春雨
是你思儿的泪水
天上悠悠的白云
是你对儿女的牵挂

世上母爱有万千种

妈妈，您的大爱之心

是儿女一生取之不尽的动力

是我们一世光辉灿烂的朝霞

大爱深沉　一世牵挂

亲爱的妈妈

2023 年 3 月 6 日

心爱无言

你不知道

也许

你永远不会知道

我是多么爱你

因为

我一直把这份爱

深深地　深深地

埋藏在心底

只能在万籁俱寂的深夜

对着皎洁的月亮倾诉

渴望着在梦里见到你

似水流年的日子

改变了身边的一切

不知道

今天的你

是不是昨天的你

只知道

今天的你还在我心里

依然

独自对月诉说

依然

期待着在梦里相遇

请不要

不要嘲笑我懦弱　痴迷

也许

只是因为

这份遇见不合时宜

也许

只是因为

爱到深处失去了勇气

至爱的情未必能百年好合

深深的爱未必是花香鸟语

爱你　就是爱你

没有理由不需要道理

在梦里　梦里

我终于

终于见到了你

依然是无言的心诉

却像

却像久别重逢的恋人

紧紧地

紧紧地拥抱在一起

我听到了你的心声

那是我盼望已久的旋律

越过高山大海

激荡在我的一池心水

纺织出爱的画卷　情的涟漪

我醉了

醉卧在这美丽的时光里

不

那不是梦

那是我爱你的深情序曲

一首感天动地的交响

永远　永远

激情澎湃在心里

伴随着我

渐渐地　悄悄地

走向远方的天际

2023 年 5 月于北京

开天之路

这是一次创造历史的奇迹

诞生了一个伟大的真理

你在十九世纪

密西西比河的惊涛里觉醒

你在一八八六年

芝加哥大罢工呐喊中崛起

你在一八九〇年

恩格斯领导的第二国际诞生

你唤起全世界无产阶级

"五一"国际劳动节

一个照亮历史的伟大真理

神州的"五一"

栉着安源路矿工人卷起的风

沐着二七京汉大罢工的雨

工人阶级登上历史舞台

你是革命栋梁建党的根基

你用铁锤砸碎锁链

跟着中国共产党

开辟出了一个崭新的天地

青天一顶星星亮

荒原一片篝火红

石油工人心向党

拼命也要建起大油田

钢花飞溅映天红

建设祖国立大功

钢铁工人多自豪

以钢为纲开路先锋

二郎山，高万丈

康藏交通被它挡

解放军，铁打的汉

把幸福大路铺到天边

希望的田野

崛起的城市

火红的年代

腾飞的蛟龙

你用宽阔的胸怀拥抱神州

你用坚强的意志缚住苍龙

走进新时代的大道上

你依然是开路先锋

美哉神州

长江长城黄山黄河

黄云万里动风色

伟哉"五一"

历史长河风起云涌

是你创造出伟大真理

世间永恒

2023 年 4 月 26 日　北京

人生际遇

人生有很多际遇

最难得的是遇见知己

纯洁的友谊地久天长

那是灵魂之光看中了你

千金不可求

权重换不来

有朋友相伴同行

信心百倍

有情有义在心里

万里晴空

一生得此足矣

没有白活

没有白来

不负众望

无愧于心

快哉！快哉！

2023 年 4 月 30 日　北京

总台清明诗会随笔

纷纷的杏花春雨

飘落在思念的心田

诗海心韵的情思

是总台人

响遏行云的呼唤

余音绕梁的心念

今年的清明

为什么

让我格外的感动

难道是知性的诗歌

在风吹云动中

连通了两个世界的心灵

用清清明明的心对话

让天上人间心心相通

跟着诗词的韵律

看秦时明月楚辞风骨

体物写志汉赋风韵

大气磅礴浪漫唐诗

出水芙蓉隽秀宋词

青山依旧在几度夕阳红

神州大地舞东风

那是当代广播电视人的风采

今年的清明

为什么

心情特别激动

我们的总台

你已经五岁了

中央台　国际台　电视台

三个亲兄弟合为一家

携手并肩齐心向前行

难忘啊

你是大地之心的声动

革命圣地的火种

一九四零年十二月横空出世

红色电波伴你遨游太空

你是刺破黑夜的闪电

照亮了神州大地的苍穹

你是惊天动地的春雷

风吹云动蔚蓝色的天空

今年的清明

为什么

如此开心激动

春风化雨

我看到了光明的前景

你有海阔天空想

脚踏实地干的志向

你有舍我其谁的气概

你有诗情画意的感动

中央广播电视总台

意识形态的重镇

青山绿水百花盛开

大象可以跳街舞

南阳诸葛庐

西蜀子云亭

你的风采

是广播电视人的情怀

总台清明诗会

我的心爱　我的感动

2023 年 4 月于北京

爱的宣言

这份爱

多像冰川上的雪莲

不怕悬崖上风狂雪寒

从不退缩从不改变

贞洁如玉

盛开在有情人的心田

真爱在心

什么困难也不能阻拦

这份情

恰似百花园的牡丹

国色天香在天地之间

壮丽开放艳压群芳

一往情深

扎根在相爱人的心里

真情在心

什么力量也不能羁绊

真挚的爱

融化了千里冰封的雪山

纯洁的情

流传下感天动地的诗篇

真挚的情

是心灵永远的呼唤

纯洁的爱

是生命涅槃的宣言

（副歌）

真心的爱

是心灵画在天上的雪莲

纯洁的情

是日月写在心上的诗篇

衷心的爱

融化了千里冰封的雪山

忠贞的爱

轻轻吻醉了有情人的心

和气得天真纯洁同路远

真诚爱无边相伴度千年

2023 年 3 月 19 日于北京

美丽的皱纹

眼望着

岁月星辰无声的年轮

不知不觉刻在你的脸上

那细细的皱纹

眼望着

你脸上无言的皱纹

多少人生风雨

敲打着

我风雨中的窗门

你是妻子

耕耘着家园的温馨

你是爱人

纺织出美丽的云锦

你是母亲

让美梦陪伴在每个甜蜜夜晚

你是女儿

让阳光普照在每个希望清晨

眼望着

你脸上的皱纹

泪水打湿了衣襟

伟大的人可爱的人

你用无私的爱

编织出金色的年轮

你好吗 你好吗

我最亲最爱的人

风雨夺不走你的青春

你的皱纹

永远是我心中的鲜花

美丽的皱纹

2023 年 6 月 10 日于北京

后　记

　　时光飞逝。感谢我相识多年的好友作家、诗人、《国际人才交流》总编徐庆群为本书作序；感谢中国书法家协会理事、中央广播电视总台书法家协会副主席楼建军导演为本书题写书名；感谢国家广播电视总局工会主席任庆华、中国广播影视出版社任逸超主任大力帮助；感谢好友武云波先生用他隽秀书法书写了我的全部诗作；感谢苏凤杰、张辉、李兰田、李丁川、张建民、方远等众多朋友关心帮助；感谢我的第一位制作人百合和我现在的制作人伊梦全心全意的支持帮助，感谢广大读者、朗诵者与我一路同行；感谢中国广播影视出版社鼎力支持；感谢我夫人为本书绘画插图。

　　人生如歌。春天到了，远方，在召唤……

观　海

2023 年 3 月 3 日于北京